KB039554

전성희
장편소설

|주|자음과모음

차례

1장	선거 공고문	7
2장	후보 등록	16
3장	후보 제안	26
4장	단일화 제안	35
5장	씁쓸한 농담	45
6장	단일화 투표	55
7장	본격적인 선거 운동	65
8장	다시 모인 아이들	74
9장	외로운 저녁 식사	84
10장	금이 간 자리	94

11장   어떤 회의   103

12장   북쪽 소녀의 도전   113

13장   멘토와의 만남   122

14장   두 소녀의 만남   132

15장   친선 축구 경기   141

16장   남쪽 소년의 반격   152

17장   마지막 연설   163

18장   북쪽 소년의 결심   173

19장   또 다른 소년의 결심   182

20장   남조선 나들이   193

21장   마지막 날   202

22장   결전의 날   211

        작가의 말   221

1장
선거 공고문

〈전교 학생회장 선거 공고〉
통일한국 제1고등학교는 아래와 같이 전교 회장을 선출한다.

선거일 : 6월 30일
자격 : 전교생
등록 마감일 : 6월 15일
후보 등록 장소 : 교무실
문의 : 교무실

　학교 게시판 앞, 아이들은 자동화된 기계처럼 게시판과 휴대전
화를 번갈아 보며 손가락을 바쁘게 움직였다. 100여 명밖에 되지

않는 전교생에게 이 소식은 순식간에 퍼질 것이었다.

아이들은 초등학교와 중학교를 거치면서 이미 이런 선거나 행사는 특정 소수를 위한 잔치일 뿐이라는 것을 경험으로 익히 잘 알고 있다. 그러나 예전과 비교할 수 없을 만큼 흥밋거리로 다가온 이유는 이 학교가 통일 이후 첫 남북통합 고등학교이기 때문이다. 아이들은 이 선거가 어떻게 돌아가게 될지 전혀 짐작할 수 없었다. 아이들의 모습을 조용히 지켜보는 교장 얼굴에는 흐뭇함을 감출 수 없는 웃음이 살포시 자리 잡고 있었다.

통일한국 제1고등학교의 교장인 장준남은 전교 회장 선거 공고문이 붙은 오늘을 개교일부터 기다려왔다.

통일 이후 남한 아이들과 북한 아이들이 함께 다니는 첫 고등학교의 교장을 아무나 맡을 수는 없는 자리이며, 동생들과 자식들 뒷바라지에 묵묵히 참고 버텨온 날들에 대한 보상이 이제야 주어진 것이었다. 역사에 길이 남을 현장에 우뚝 서 있다는 생각으로 요즘처럼 교육자로서 보람을 느낀 적도 지금껏 없었다.

아무도 예측할 수 없었던 통일이 된 지 10여 년이 되어가지만 아직도 남과 북의 통합은 이루어지지 않은 상태다. 북쪽 사람들의 불만이 우려됐지만 독일 통일을 지켜봐 온 남한 정부는 바로 이루어지는 통합은 지옥 불에 뛰어드는 것이나 다름없다는 사실을 알기에, 북한의 경제 수준을 어느 정도 끌어올린 뒤 진정한 통일을 이루자는 방침에 따라 '선 통일 후 통합'의 길을 선택하게 되었다.

그리하여 탄생한 곳이 '통일시'로 통일한국에서 유일한 남과 북의 통합 도시이고, 그 안에 위치한 고등학교가 통일한국 제1고등학교다.

개성과 서울 중간쯤에 만들어진 통일시는 단순히 통일과 통합을 상징하는 도시만은 아니다. 남쪽과 북쪽의 역사와 문화를 체험할 수 있는 문화 교류의 도시이고 동시에 통일을 기념하는 박물관처럼 통일에 관한 모든 역사를 기록하고 보존하는 복합 기능 도시이기도 하다. 이런 다양한 기능과 역할 중 앞으로 통일한국을 이끌어 갈 차세대 청소년들을 위한 문화 교류와 교육의 역할이 점점 커지고 있다. 아직 통일시의 주민 규모는 남북 전국에서 지원하여 온 1500여 가구밖에 되지 않지만 앞으로 점점 늘어날 것이고, 1년 내내 사람들의 발길이 끊이지 않고 있다.

평소 음악 감상이라는 취미가 전혀 없었던 교장의 손가락은 교정에 은은히 흐르는 음악에 맞춰 리듬을 타고 있다. 두툼한 짙은 갈색 가죽 소파의 묵직한 느낌도 교장의 기분을 맞춰주었다.

차이와 다름을 인정하고 화합하자!

교장은 속으로 교훈을 따라 읽으며 멋지다는 듯 고개를 끄덕였다. 아무리 생각해도 통일한국 고등학교에 이보다 더 잘 맞는 교훈은 없을 듯했다. 그래도 좀 더 거창하고 큰 뜻을 가져야 하지 않을까 하는 아쉬움이 없지는 않았다. 나라 사랑, 세계 인재, 세계 강국 같은 단어 하나쯤 넣어야 했지 않았을까 하고 말이다. 이런 생각이 허황한 것만은 아니다. 통일한국은 인구 8,000만이 되는 국가가 되었고, 전쟁을 해서라도 소유하고 싶다는 희귀 금속원소인 희토류 같은 북쪽 자원과 남쪽의 뛰어난 기술이 합쳐지면 근 시간 내에 세계적 강국이 되는 것은 당연하지 않을까. 벌써 시베리아 개발 계약까지 따냈고 다국적 기업들이 북쪽으로 몰려들고 있다.

통일시는 앞으로 그 규모가 더욱 커질 것이고 이 학교 역시 그 역할이 더욱 중요해질 것이 틀림없다. 그건 통합 이후에도 마찬가지일 것이다. 교장이 이 학교에 남다른 사명감과 애정을 가지는 것은 당연했다.

정부에서는 20년 뒤 통합을 이룰 것이라고 발표했지만 교장이 생각하기에 그 정도로는 어림도 없다. 남과 북이 분단된 기간이 얼마인데 그동안 벌어진 차이를 20년 안에 해결할 수 있단 말인가. 남과 북의 소득 차이만 해도 20배가 넘는다. 거기다 문제와 해결책을 경제적인 것에만 국한해서 판단하는 것은 반쪽짜리 계산일 뿐이다. 무엇보다 큰 문제는 생활 전반에 깔린 문화의 차이다. 그러니 이 학교의 교훈이 '차이와 다름을 인정하고 화합하자'가 될 수밖에 없었다. 교장은 20년이 아니라 두 세대 정도가 지나야 할 것으로 보고 있다. 적어도 40년은 지나야 통합의 물꼬를 터 보자는 말이라도 꺼낼 수 있을 것이다.

오늘따라 엉덩이가 가벼워진 교장은 다시 창가로 다가가 등교하는 아이들을 지켜보았다. 학교의 주인으로서 아이들 하나하나가 모두 내 자식처럼 여겨지는 것도 이 학교에 와서 처음 느껴 보는 낯선 즐거움이다.

학생 수는 100여 명밖에 되지 않지만 앞으로는 기하급수적으로 늘어날 것이다. 통일시는 정부의 계획대로 구축될수록 예상보다 훨씬 더 많은 인력을 필요로 하게 되었다. 아직 정부 계획의 50%도 이루지 못한 상황이고 이 도시의 역할이 더욱 중요해지면서 이곳으로 몰려드는 국민이 얼마나 될지 섣불리 상상하기 어렵다. 학생 수를 늘리는 것도 어렵지 않아 보인다. 통학버스를 제공하여 개성에 있는 학생들을 유치하고 무료 기숙사를 제공하면 남한의 아이들도 끌어모을 수 있을 것이다.

하지만 마냥 즐겁기만 한 것은 아니다. 이 학교가 통일한국의 첫 고등학교로 통합 후 다른 고등학교의 초석이 될 것이기에 모범이 되어야 한다는 부담감도 있다. 첫 졸업생이 될 이 아이들을 아무 탈 없이 무사히 졸업을 시키는 것이 교장의 첫 번째 목표이자 과제다. 그리고 민주주의의 꽃이라고 할 수 있는 선거를 치르는 일이 바로 눈앞에 떨어진 과제가 되었다. 교장은 마음속으로 이미 점찍어 둔 학생이 하나 있었다. 그 아이라면 통일한국 제1고등학교의 학생회장으로 모든 자격을 갖추고 있다.

똑똑똑

"네, 들어오세요."

교장 앞에 서 있는 사람은 차기 교감 자리를 준비하고 있는 40대 초반의 김지성 선생이다.

"좋은 아침입니다."

"네, 앉으세요."

빈틈없어 보이는 김지성 선생이 웃자 하얀 이가 시원하게 드러난다. 언제나 밝고 모든 일에 똑 부러지는 교사로 교장은 호감을 갖고 있다.

"이번 회장 선거의 총책임을 김 선생님이 맡아주셨으면 합니다."

사실 교장이 김지성 선생에게 가지고 있는 호감은 그의 특이한 이력 때문이기도 하다. 그는 탈북자 출신으로 남쪽에서 흔하지 않게 교사가 된 인물이다. 7세에 북한을 탈출하여 11세 때 제3국인 몽골을 통해 남쪽으로 들어왔다. 통일한국의 첫 남북통합 고등학교 교사로 그는 상징적인 의미를 가진 인물이다.

"내 생각에는 적임자가 김 선생님밖에 없습니다. 남과 북이 하나가 된 학교에서 진정한 민주주의를 보여주는 선거를 탈북 출신의 교사가 맡아 총괄한다는 거 참 뜻깊은 일이지 않습니까?"

교장의 말에 김지성 선생은 어색하게 웃으며 고개를 끄덕였다.

"네, 잘 알겠습니다."

교장은 흐뭇해하며 말을 이었다.

"회장 임기 기간은 내후년 6월까지입니다. 이 아이들이 첫 기수다

보니 다음 아이들이 2학년이 될 때까지 맡아야겠지요. 그러니 2년 정도의 임기 기간이고, 그만큼 적임자가 나와야 할 텐데요…….."

"방금 서재원이 후보 등록을 하겠다고 왔습니다."

교장은 자리를 고쳐 앉으며 물었다.

"그래요?"

자기의 예감이 맞아떨어진 것에 흡족한 교장의 말투가 한결 부드러워졌다.

"역시 내가 생각하기에도 서재원이 회장감이라고 보는데, 공고가 뜨자마자 등록을 했다? 행동이 빠르기도 하네요. 허허허…….."

교장은 몸을 앞으로 당겨 김지성 선생과 가까워졌다.

"될성부른 나무는 떡잎부터 다르다고, 이 나이가 되면 딱 보기만 해도 뭘 해도 될 놈은 눈에 띄게 마련이지요. 내 제자 중에 국회의원이 몇 있습니다. 얼마 전에 이 통일시를 방문하면서 어떻게 알았는지 날 찾아왔더라고요. 어찌나 훌륭하게 잘 컸는지, 솔직히 내 자식이었으면 얼마나 좋을까, 이런 생각이 절로 듭니다. 어렸을 때부터 꿈이 크고 의욕이 넘치더니 결국 해내고 말더군요. 또 압니까? 서재원이 국회의원 되고 대통령까지 될지? 통일한국 제1고등학교에서 대통령이 나온다는 생각만으로도 뿌듯하네요. 허허허…….."

김지성 선생은 교장의 말에 맞춰 웃음 띤 얼굴을 끄덕였다.

* * *

아홉 살의 김지성은 중국에 있었다. 사람들이 붐비는 시장 골목 같은 곳이었다. 김지성 말고도 아이들 몇이 더 있었다. 아이들은 가판대에 진열된 만두를 홀린 눈으로 보고 있었다. 여주인은 만두를 튀기면서도 아이들을 힐긋거리며 경계했다. 그러다 아이 중 하나가 만두를 덥석 집어 들고는 뛰기 시작했다. 여자가 중국말로 뭐라고 소리쳤다.

김지성도 아이들 무리에 섞여 있는 힘껏 달렸다. 뒤를 돌아보니 중국 공안이 아이들을 잡으려 뒤쫓아 오고 있었다. 그는 순식간에 따라붙어 손을 뻗었다. 김지성은 다가오는 큰 손을 피하려고 몸을 틀었고 그대로 넘어져 땅바닥을 뒹굴었다. 중국 공안이 거칠게 욕을 하며 김지성에게 다가왔다. 김지성은 다시 일어나려 발을 버둥거렸지만 자기 다리가 아닌 것처럼 힘이 들어가지 않았다. 그때 공안이 김지성 목을 콱 움켜잡았다.

"아!"

김지성 선생은 몸을 떨다 눈을 떴다.

또 악몽이었다. 요 며칠 이런 비슷한 악몽에 시달리다 새벽에 잠이 깨곤 했다. 이젠 잠들기가 두려워질 정도였다. 이런 악몽은 남쪽으로 넘어와서 몇 년 동안 어린 김지성 선생을 괴롭혔었다. 몽골에서 경비대에게 쫓기다 사막에 발이 빠져 끝도 없이 모래 속으로 빨려 들어가는 꿈을 꾸기도 했다.

일곱 살 전까지 북쪽에서 누구와 무얼 하며 지냈는지 기억에 없다. 먹을 것을 찾으러 다니던 또래 꽃제비 무리에 끼어있다 얼떨결에 중국으로 넘어온 것은 기억한다. 그 뒤로 중국 거리에서 먹을 것을 구걸하며 다녔고 그렇게 잡혀 들어가면 수용소에서 죽는 줄로 알고 있던 무리는 중국 공안을 피해 죽기살기로 도망 다녀야 했다. 지낼 곳이 마땅치 않은 탈북민들은 동굴에서 지냈다. 낮에 중국 골목을 헤매다 밤이 되면 동굴로 돌아와 탈북민들 사이에 끼어 잠이 들었다.

김지성 선생은 망설일 것도 없이 자리에서 일어나 수면제를 먹었다. 다시 잠이 들 때까지 가만히 누워 있는 동안 떠오르는 과거 기억은 눈을 뜨고 꾸는 악몽이었다. 잊고 싶은 기억 끝에 떠오르는 사람은 입국 초기 자기를 보살펴준 목사였다. 교회를 떠나려 결심한 김지성의 속을 뻔히 안다는 듯 말했다.

"넌 지금 신의 손길을 거부하고 있어. 그래도 가려면 가라. 신은 어디에든 있으니까."

그곳에 끝까지 남아 신앙을 갖고 지도를 받은 친구 몇몇은 신의 사랑과 충만함 속에서 사역자의 길을 가기도 했다. 신은 정말 있는 것일까? 아니다. 있다면 어린 내가 무슨 죄를 지었다고 그런 벌을 주었겠는가. 이젠 신이 주는 벌도 끝났다. 내 의지만 있으면 신도 필요 없다.

2장
후보 등록

선거 공고문이 붙고 나서 학교 안의 분위기가 묘해졌다. 이 학교에 오면서 처음으로 한 반에서 수업을 듣게 된 남북 아이들은 눈에 보이지 않는 38선을 가진 것처럼 넘지 않는 감정 경계선을 지니고 있었다. 아이들은 서로를 한민족보다는 외국인처럼 느꼈다. 남자 아이들에 비해 경계심이 덜한 여자아이들이 학기 초 말을 섞기도 하고 서로 어울려 다니기도 했지만 이내 물과 기름처럼 분리되어 거리를 둔 채 지내게 되었다. 그들을 가로막는 장벽은 역시 닮은 듯 다른 언어와 문화였다.

이 학교로 온 북쪽 아이들은 초등학교 3학년 때부터 남쪽 교과서로 수업하는 학교에 다니는 혜택을 받은 극소수의 아이들이다. 그러나 남쪽 교과서는 생활과 문화 전반을 다스리는 언어를 배우기엔 폐지만큼의 가치가 있을 뿐이었다.

아이들이 서로를 외국인으로 느끼는 데에는 그 나라의 언어를 배워도 문화 차이 때문에 대화가 되지 않아서였다. 북쪽 아이들은 매일 보는데도 만날 때마다 시도 때도 없이, "안녕!" 하며 인사를 나누는 행동을 이해할 수 없었다. 남쪽 아이들은 반갑게 인사를 해도 아무 대꾸도 없이 멀뚱히 보다 고개를 돌리는 북쪽 아이들을 이해할 수 없었다. 북쪽엔 딱히 인사라는 문화가 없으며 보지 못한 지 일 년 정도 지나면, 그제서야 잘 지냈냐는 정도의 말을 나눌 뿐이었다. 인사에 대한 서로 다른 문화를 토로해 봤지만 양쪽 모두 달라지는 점은 없었다. 아이들은 소통에 지쳐버렸고, 십 대에게 가장 중요한 또래 집단이 이미 충족됐기에 오해와 갈등을 겪으면서까지 노력할 이유가 없었다. 그저 적대감 없는 친절함이 서로를 위하는 최선의 배려였다. 하지만 남북 청소년이 한 반에서 생활하는 한 반장은 통역사 아닌 통역사 역할을 해야 했다.

3반 반장 남보배는 1학년 3개의 반 중에서 그런 역할을 가장 잘 해내고 있다는 평을 받고 있다. 그리고 이번 회장 선거를 통해 학년 전체의 통역사 역할을 해내고자 후보 등록을 마치고 교무실을 막 나서고 있었다.

"어이, 반장누나!"

같은 반 남대성이 남보배를 보고 반가운 척했다. 남보배는 남대성을 보고 순간 당황했지만 짐짓 아무렇지도 않은 척 대했다.

"여긴 무슨 일이야?"

"후보 등록하러 왔어."

남대성은 짧은 커트 머리에 동글동글한 눈매를 가진 남보배를 귀엽다고 생각하고 있었다. 하지만 머리가 문제였다. 남보배의 머리는 남학생 같은 커트 머리였다. 과장하자면 남학생도 전혀 선호하지 않는 상남자 스타일이었다. 교복 치마가 아니었으면 남학생이라고 오해하기 딱 좋은 모습이다. 머리를 기르면 훨씬 여성스럽고 귀여울 텐데 왜 이런 스타일을 고집하는지 남대성으로서는 이해할 수 없었다. 오늘따라 치마 밑에 드러난 허연 다리가 더욱 어색해 보였다.

"남대성, 넌?"

"학생이 교무실 출입하는 데 꼭 이유가 있어야 하나?"

남대성은 무슨 말인지 통 모르겠다는 표정을 짓는 남보배를 보며 히죽 웃었다. 나중에 후보로 등록한 사실을 알게 되면 깜짝 놀라게 해줄 생각에서였다. 그런 생각에 절로 입꼬리가 올라간 남대성을 남보배는 더욱 이상하다는 듯 쳐다보았다.

"그럼, 바빠서 이만!"

얄밉게도 교무실로 쏙 들어가 버린 남대성을 보며 남보배는 고개를 갸웃거렸다.

다시 어제 일이 떠올라 얼굴이 화끈거렸다. 어제는 렌즈를 처음 착용해 보는 남보배를 농락하기라도 하려는 듯 렌즈는 사나운

해적이 모는 배처럼 멋대로 안구를 돌아다녔다. 결국 미끄덩거리는 렌즈를 겨우 잡아 꺼내고 희뿌연 안개 속에 갇힌 기분으로 지내야 했다. 그러다 점심시간 복도 반대편에서 남대성이 오고 있었고 남보배는 그 사람이 남대성인 줄도 모르고 계속 뚫어라 쳐다보았다.

"너, 나 좋아하냐?"

얼굴을 한 뼘 거리까지 바짝 들이민 남대성을 보고서야 남보배는 뜨악하고 말았다.

"너, 나 좋아하는 거 맞네!"

날쌔게 돌아서서 홀쩍 멀어지는 남대성을 향해 한마디 해주고 싶었지만 그만두었다. 이런 일을 여러 차례 겪으며 침묵으로 대응하기로 했던 마음을 다잡았다. 하지만 얼굴이 화끈거리고 심장이 벌렁거리는 건 어찌할 수 없었다.

가까워져 오는 아이가 남대성이 아닌가 하고 계속 쳐다본 건 사실이었다. 멀리서 가까워지는 저 인간이 남대성 같은데, 남대성이면 쳐다보지 말아야 하므로 그걸 꼭 확인해야 했고, 나쁜 시력으로 확인하려니 계속 쳐다보고 있게 되었고 자기를 계속 쳐다보는 남보배가 자기를 짝사랑한다고 착각하는 남대성. 이 이상한 연결 고리가 어디서부터 시작되었는지, 어떻게 끝내야 할지 남보배로서는 알 길이 없었다. 그래도 어제 일은 싹 잊어버린 듯 아무렇지 않게 대하는 남대성을 보니 마음이 좀 놓였다.

그런데 남대성이 교무실엔 무슨 일이지? 혹시 남대성도 회장 선거에 나서려는 건 아니겠지? 그럴 것 같지는 않았다. 3개로 이루어진 반의 반장은 모두 성적이 1등인 아이가 맡아 하고 있었다. 1반은 북에서 온 박영민, 2반은 남에서 온 서재원, 3반은 남보배였다. 그리고 남보배가 알기로 남대성은 반에서 5등 안에도 들지 못하는 성적이다. 35명 중 5등 안에도 들지 못하면서 회장 선거에 나서겠다는 건 아닐 테다. 회장이 되는 데 성적제한이 있는 건 아니지만 성적은 무시할 수 없는 중요한 요소다. 그렇다고 남대성이 반장 같은 리더 역할을 할 만한 인물도 아니었다. 남자아이들과 잘 어울리기는 하지만 특별히 인기가 있는 것처럼 보이지도 않았고 여자아이들에게는 더더욱 인기는커녕 까불대는 성격 때문에 반감을 사지 않으면 다행이었다.

주제에 내가 자기를 좋아한다고? 쳇, 어이가 없어서 말도 안 나온다. 털털하고 성격 좋기로 자타가 공인하는 남보배지만 요즘 들어 왜 남대성의 깐죽거림에 이토록 화가 나는 걸까? 나에게도 사춘기가? 사춘기라니, 치마만큼이나 자신에게 어울리지 않는 단어다. 절대 쳐다보지 말 것!

교무실 문을 조심히 열고 들어간 남대성은 두리번거리다 가까이 자리한 최희숙 선생에게 바짝 다가갔다. 뭘 하는지 책상에 얼굴을 푹 묻고 있던 최희숙 선생은 남대성의 존재를 느끼고 고개를 들어 무표정한 얼굴로 남대성을 보았다. 남대성은 그런 모습에서 서늘한 기운을 느끼며 말했다.

"회장 선거 후보 등록하러……."

"저기 써놓고 가."

남대성의 말이 끝나기도 전에 최희숙 선생은 다시 고개를 책상에 묻었다.

최희숙 선생이 턱짓으로 가리킨 곳은 칠판도 아닌 하얀 보드판이었다. 크기도 볼품없이 작은 보드판에 '회장 선거 후보'란 글자 아래에 서재원과 남보배의 이름이 적혀 있는 꼴이 초라해 보였다. 통일한국 제1고등학교의 1대 회장을 뽑는 선거인데 뭔가 그럴듯한 폼이 나야 하지 않을까 싶었다. 실망감 때문인지 펜을 잡은 손에 힘이 빠져 이름 석 자를 갈기듯 적고 말았다.

학교 생활 10년을 통틀어 감투 자리에 나가보기는 처음인지라 나름대로 기대가 컸던 모양이다. 그래도 후보로 나선 자기를 보고 선생님들이 한마디씩 할 것을 예상하여 미리 준비해온 답변을 써먹기 위해 머뭇거리며 시간을 끌었다. 그러다 멀찍이 앉아 있는 1반 담임인 김승일 선생과 눈이 마주쳤다. 남대성이 재빠르게 고개를 꾸벅하여 인사하자 김승일 선생은 그저 고개를 끄덕이고는 눈길을 거두었다. 평생을 통일을 위해 일하시고 이젠 통일시를 방문하는 사람들에게 인권 교육을 하는 부모님의 뜻을 이어받아 회장이 되겠다는 뜻을 전하고 싶었다.

하지만 남대성의 시나리오는 실패했다. 교무실을 쓸쓸히 나오는데 최희숙 선생이 내뿜는 서늘한 기운이 매우 불길하게 느껴졌다. 지리산 깊은 곳에서 홍의 장군님을 모시는 외할머니는 이런 불길한 기운을 예사로 넘기지 말라고 했다. 엄마도 모르던 임신 사실을 알아맞힌 분의 말씀이었다. 그렇다면 이 불길한 기운이 뜻하는 것은 무엇일까? 회장 후보로 나서서 나쁜 일이 생길 게 뭐가 있단 말인가? 그냥 털어버리려는데, 문득 한 표도 받지 못하는 상황이 벌어질 수도 있다는 데 생각이 미쳤다. 아무리 그래도 그런 일은 있을 수 없다. 남대성이 자길 찍으면 0표의 망신은 면한다. 그런데 그게 누구라도 아이들은 남대성을 의심할 것이다. 그러니 적어도 2표는 나와야 한다. 그렇다면 만만한 놈 하나를 잡아 끝까지 잘 구슬려서 자기를 뽑게 하면 될 일이다.

에잇, 사나이 칼을 뽑아 들었으면 꿈을 크게 가질 것이다. 겨우 2표를 얻자고 회장 후보로 나선 게 아니다. 명예롭고 정정당당하게 품은 뜻을 펼치자. 그게 실패여도 괜찮지 않지만 괜찮은 척하면 된다. 또 꿈은 크게 가져야 한다. 그래야 실패해도 덜 쪽팔린다.

남대성이 나가고 나자 박 선생이 고개를 들고 물었다.

"쟤, 3반 남대성 아니에요?"

"네. 맞습니다. 회장 후보로 나섰나 보네요."

성악을 전공한 사람처럼 우렁찬 목소리를 가져 별명이 '테너 박'인 선생이 호탕하게 웃으며 말했다.

"하하하하! 난 서재원 대 남보배의 남녀대결이 될 줄 알았는데,

예상치 못한 남대성의 등장에 남녀대결이 확실해졌네요."

"네, 그렇죠."

그렇게 답한 김승일 선생은 어디에나 엉뚱한 놈들은 있는 법이라며 고개를 끄덕였다.

테너 박은 남대성이 보드판에 자기 이름을 적을 때부터 무슨 생각으로 후보로 나서는지 궁금하여 물어보고 싶은 마음이 간절했으나 한창 예민한 시기에 상처가 될까 꾹 참았다. 사람들은 교사가 갑이니, 뭐니 하면서 아무렇게나 단정짓지만, 사실 교사는 교장과 학부모는 물론 아이들 눈치까지 보며 말 한마디가 조심스럽다. 교사란 직업을 가진 사람들이 이렇게 섬세하다.

한편 교무실 한쪽에서 프린트물을 정리하던 북에서 온 소녀인 리수연은 이 상황을 보며 마음이 무거워졌다. 보드판에 적힌 세 명이, 모두 남쪽 아이들이었기 때문이다. 그리고 북쪽 아이가 한 명도 후보로 나서지 않은 것에 어떤 의문도 품지 않고 남쪽 아이들의 대결로 단정지어 버리는 선생들의 모습에 가슴이 쑤시는 듯했다. 남쪽에서 온 선생님들을 좋아하고 잘 따르는 리수연이지만 왠지 반발심이 들었다. 통일을 한 마당에 북과 남으로 나누어서는 안 될 것 같으면서도 선생님들의 생각에 감정이 먼저 이는 건 어쩔 수 없었다. 또 북쪽 아이에 대한 단 한마디의 언급도 없다니. 리수연은 교무실에서 나오자마자 휴대폰을 꺼내 들어 친구들에게 문자를 보냈다.

─서재원, 남보배, 남대성 회장 후보로 등록했다. 근데 우린 아무도 없냐? 이건 아닌 거 같다.

단짝인 김미진에게서 바로 답신이 왔다.

─근데 남대성은 누구야?

* * *

강철민은 평소 부루퉁한 표정과 달리 밝은 얼굴로 엄마가 운영하는 식당에서 김밥을 말고 있었다. 리서연을 통해 남쪽 후보가 셋이나 등록을 했다는 소식을 듣고 북쪽에서 나선다면 이건 틀림없는 당선이라고 생각했다. 전교회장이 북쪽 출신이 되는 것은 식은 죽 먹기나 다름없는 일인 것이다.

강철민의 국적은 통일 전 대한민국, 남한이다. 하지만 강철민 본인과 북쪽 아이들 모두 그렇게 생각하지 않는다. 강철민은 통일이 되기 직전에 북한을 이탈하여 남쪽으로 온 북쪽 출신이었다. 누구보다 강철민 자신이 북쪽 사람으로 여겼다.

강철민의 휴대폰이 또 울리자 엄마 눈이 사나워졌다. 또 누가 놀자고 불러내는 전화가 분명하다. 고등학교에 올라오면 좀 달라지겠지 하는 바람이 어김없이 무너진 요즘, 엄마는 신경이 예민해져 있었다. 강철민의 엄마, 심지순은 이미 북한에서 자본주의를 충분히 경험하고 남쪽에 온 인물이었다. 그렇기에 남쪽의 자본주의에 자연스럽게 적응할 수 있었다.

북한 정부가 주는 배급은 들쑥날쑥하기 일쑤였고, 그것마저도 완전히 끊어진 상황이 되면서 사회주의 국가였지만 이미 오래전부터 장마당이라고 부르는 시장이 열리고 있었다. 사유재산을 인정하지 않는 북한이었지만 그렇게 번 돈은 고스란히 개인의 재산이 되었다. 하지만 중국에서 밀수를 하다 적발되어 수용소로 끌려갈 위험에 처한 적도 여러 번 있었다. 수용소에 끌려갔다 나온 사람들은 반송장이 되어 돌아왔다.

물론 철민 엄마의 뚝심과 사업가적 기질이면 북한에서도 얼마든지 살아갈 만했다. 그러나 위험한 결정을 하고 북한을 탈출한 이유는 하나밖에 없는 아들 강철민의 미래를 위해서였다. 자기 아들은 잘사는 남쪽에 가서 자유롭게 공부하며 살기를 바라는 마음으로 북한을 떠난 것이었다. 식당 이름도 하나밖에 없는 아들의 이름을 딴 철민네 밥집으로 하였다. 하지만 강철민은 그런 엄마의 기대에 전혀 부응하지 못하고 있었다.

3장
후보 제안

수업이 끝난 뒤 빈 교실에 북쪽 아이들이 모였다. 남쪽 후보만 셋이 등록했다는 사실이 문자를 통해 단박에 퍼져버렸고, 강철민이 나서서 자리를 마련한 것이었다. 아이들 역시 내심 바라고 있던 터라 대부분의 아이들이 참석하여 교실을 꽉 채웠다. 조금 진지하고 가라앉은 분위기 속에서 모두 눈을 반짝이며 강철민의 말을 기다리고 있었다.

"다 알고 있겠지만, 이번 회장 선거 때문에 이렇게 모이자고 한 거야. 남조선 애들만 후보 등록해서야 되겠어?"

강철민이 아이들을 둘러 보았다. 아이들 눈빛이 진지하다는 것을 느낄 수 있었다.

"우리 1학년은 총 105명이고, 그중 56명이 북쪽이야. 근데 50명도 안 되는 남조선 후보는 셋이나 나왔는데, 우린 단 한 사람도 나서지 않았어. 남조선 애들이 이걸 어떻게 생각하겠어?"

북쪽이 고향이면서 남한 국적을 갖고 있는 아이는 이 학교에서 강철민이 유일했다. 입학하고 얼마 동안은 특이한 존재로 비춰졌지만 곧 탈북자라는 이미지도 사라지고 자연스럽게 북쪽 아이로 여겨졌다. 북쪽에서 6년을 보내고 탈북하여 남쪽에서 산 세월이 10년이지만 강철민은 단 한 번도 자기를 남쪽 사람이라고 생각해본 적 없었다. 이 학교로 온 뒤, 10년의 세월이 더욱 무색해질 만큼 이제야 자기가 속할 무리에 들어온 것처럼 편안했다.

"우리를 무시하고 얕잡아 봐도 된다는 소리나 마찬가지야. 얼마나 못났으면 후보로 나올 엄두도 못 내겠냐고 생각하지 않겠어?"

아이들 몇이 강철민의 말에 고개를 끄덕였다. 그 중 강철민을 보는 김미진의 눈빛이 유독 반짝거렸다. 그걸 모를리 없는 강철민은 김미진과 스치듯 눈을 마주쳤다. 그런 둘의 눈빛 교환을 알고 있는 리수연은 웃음이 나오는 걸 꾹 참았다. 얼마 전부터 둘이 사귀기 시작했다는 건 아직 리수연만 아는 사실이었다.

"누구 후보로 나갈 사람 없어?"

아이들은 서로를 쳐다볼 뿐 누구도 선뜻 나서지 않았다.

"철민아, 네가 나가."

강철민은 여행 비자와 정부의 허락 없이는 마음대로 북조선을 드나들 수 없는 입장이었지만 아이들에겐 아무 상관이 없는 일이었다.

"그래, 한번 나가 봐."

짧은 시간 형제만큼이나 사이가 돈독해진 최대철이 부추겼다. 둘은 북쪽이 고향이라는 공통점밖에 없었지만 죽이 척척 잘 맞았다.

"그래. 네가 나가면 되겠네."

강철민은 머리를 가로저었다.

"난 안 돼. 학생회장은 공부를 잘해야 해. 남조선 애들은 공부를 못하면 무시하기 때문에 회장으로 나가 봤자 우습게 볼 뿐이야. 그리고 그건 선생님들도 마찬가지야."

아이들은 강철민의 말에 쉽게 수긍했다. 북쪽에서도 선생님이 반장을 정해주는 것만 달랐지, 주로 공부를 잘하는 아이들에게 맡기기 마련이었다.

"그래서 내가 생각해 봤는데, 박영민 어때?"

아이들이 박영민을 찾아 두리번거렸다.

박영민은 북에서도 알아주는 수재로 아주 어렸을 때부터 북한식 영재 교육을 받고 자랐다. 이곳에 와서도 박영민은 남한에서 공부 좀 한다는 서재원과 남보배 보다도 성적이 더 좋았다. 아이들은 공부밖에 모르는 박영민과 친하게 지내지는 않았지만 그런 점을 내심 자랑스럽게 여기고 있었다.

"박영민, 넌 어때? 함 나가 볼 생각 없어?"

박영민은 아무 말 없이 먼 산 보듯 강철민을 보기만 했다. 갑작스럽게 화살이 자기로 향하자 어리벙벙하여 마치 남의 일처럼 들렸다. 아이들의 시선이 따갑게 느껴졌고 박영민은 더 머뭇거릴 이유가 없었다.

"아니, 난 생각 없어."

반장 역할도 성가신 박영민에게 전교 회장은 터무니없게 여겨질 뿐이었다. 박영민이 가장 바라는 것은 공부하기에 최적화된 환경일 뿐이었다. 지금 맡은 반장도 선생님이 성적으로 정해준 임시 반장이 그대로 정식 반장이 된 것일 뿐 그런 역할을 한 번도 원한 적 없었다.

강철민도 박영민이 마음에 들어 추천한 것은 절대 아니었다. 이 학교에 입학한 지 3개월이나 지났지만 박영민과 어울리기는커녕 대화 한 번 제대로 해 본 적이 없었다. 공부밖에 모르고 공부 외의 일엔 무관심한 박영민은 북쪽 아이 중에서도 별종에 속했고, 그런 모습이 자기밖에 모르는 이기적이고 개인주의적으로 여겨져 호감이 가는 인물이 아니었다. 하지만 강철민은 다른 후보감을 찾을 생각은 없었고 선거 출마 거절도 이미 예상한 일이었다.

"강요하는 건 아니지만, 일단 생각해 보자고. 지금 우리 학교에 남쪽 애들이 많은지 북쪽 애들이 많은지, 그건 너무 쉽게 답이 나오지? 우리 중 누가 나가기만 하면 훨씬 유리한 입장이라고. 그런데 후보로도 나서지 않는 우릴 보며 얼마나 한심해 하겠냐? 그리고 우리가 꼭 돼야 하는 이유가 있어. 너희들도 다 겪어서 알겠지만, 남조선 애들 우리한테 관심이나 있냐? 아니, 절대 없어."

북쪽 아이들이 이 학교에 와서 받은 가장 큰 충격은 남쪽 아이들의 무관심이었다. 북쪽 아이들은 북과 남이 한 뿌리를 가진 한 민족이라는 의식이 강하고 남쪽 아이들과 문화에 대한 흥미와 호기심이 많은 반면, 남쪽 아이들은 전혀 그들에게 관심을 보이지 않았다. 북쪽의 문화 같은 건 알려고도, 알고 싶어 하지도 않았다. 북쪽 아이들은 오랜 시간 짝사랑하던 상대에게 거부당한 것이나 마찬가지였다. 짧은 시간이었지만 아이들은 요즘 지금껏 한 번도 느껴보지 못한 감정들을 한꺼번에 겪는 중이었다. 대체로 실망감과 분노와 같은 부정적인 감정들이었다.

"그런데 그건 선생님들도 마찬가지야. 만약 남쪽 애랑 북쪽 애랑 싸움이 났어. 그럼 교장이나 선생님들은 누구 편을 들 것 같냐? 당연히 남쪽 선생은 남쪽 애를 편들고 나서겠지. 잘못은 무조건 우리한테 있다 한다고."

이건 예가 아니라 강철민 자신의 경험을 들려주는 것이었다. 북에서 왔다는 이유만으로 싸움의 원인과 가해자는 강철민이 되어야 했다. 남한 국적인 강철민은 남쪽 사람들에겐 영원히 북한 사람, 탈북자로만 여겨질 뿐이었다. 강철민이 처음부터 자기는 북조선 사람이라는 정체성을 가져야 한다고 생각한 적도 없고, 부모님도 그런 강요를 한 적이 없다. 대부분의 남쪽 사람들이 강철민을 북한 사람으로만 볼 뿐이어서 북조선을 이탈하고 나서 뼛속까지 북쪽 사람이 되어버렸다.

"이런 상황에서 우리 처지를 대변해 줄 회장이 나온다면 얼마나 좋겠냐? 회장까지 남조선 애가 맡는다면 이 학교에 우릴 생각해 줄 사람은 아예 없는 거나 마찬가지야. 우린 그저 찍소리도 하지 못하고 쥐 죽은 듯이 살아야 한다고."

강철민은 박영민의 표정이 달라지는 것을 알아챘다.

"그리고 이번에 뽑힌 회장은 1년도 아니고 2년 동안 맡는 거라고. 2년이면 2회 연속으로 회장을 맡는 거야. 내년에 들어올 우리 후배들을 생각해 봐. 우리 북조선의 위상과 자존심을 지키기에도 딱 좋은 기회라고. 안 그래?"

박영민은 강철민의 말에 내놓고 고개를 끄덕일 순 없어도 틀린 말은 아니라고 생각했다. 박영민 역시 남쪽 아이들의 무시와 무관심을 어느 정도 느끼고 있었다. 며칠 전에도 북쪽 아이를 가리키며 뭐가 그리 웃긴지 깔깔거리며 웃는 남쪽 아이들을 봤다. 꼭 북쪽 아이를 놀림거리로 만드는 것 같아 기분이 좋지 않았다. 만약 이런 일이 아이들끼리의 소소한 문제에서 끝나지 않는다면 어떻게 될까? 강철민이 언급한 일 같은 차별이 일어나지 않으리란 법은 없다.

"박영민, 이번이 기회야. 지금 나가면 엄청나게 유리한 상황이라고. 남쪽 후보는 셋이나 나왔어. 표가 3등분 될 거고, 우린 모두 널 뽑을 거야."

"그래!"

박영민을 보는 아이들의 눈엔 기대와 희망이 가득 담겨있었다. 박영민을 둘러싼 공기가 후끈하게 달아오르는 게 느껴질 정도였다. 최대철이 큰 소리로 말했다.

"우린 100 프로라고! 이거 나가면 바로 당선이잖아!"

순식간에 교실 안 분위기가 밝아졌다.

"네가 회장이 된다면 내년에 들어올 후배들이 얼마나 자랑스러워하겠냐?"

강철민이 박영민에게 친근한 웃음을 지었다.

* * *

서재원은 오랜만에 조용히 책상에 앉아 생각에 잠겼다. 남쪽 후보가 셋이나 등록한 마당에 북쪽 후보인 박영민이 후보로 나서려 한다는 소식을 들은 후였다. 이건 서재원이 생각지도 못한 최악의 시나리오였다. 북한에서 와서 감히 통일한국 제1고등학교의 전교 회장 자리를 차지하겠다?

이 학교만의 특성 때문이겠지만 서재원에게 지금까지 이런 위기는 없었다. 선거에 여러 차례 나간 경험이 있지만 서재원을 긴장하게 하거나 위협적으로 생각하게 만들었던 경쟁 후보는 없었다. 하지만 그 어떤 상황이 벌어져도, 그 누가 후보로 나와도 통일한국 제1고등학교의 회장 자리를 양보할 생각은 추호도 없다.

서재원은 통일 자체를 부정적으로 여기는 입장이었다. 말이 좋아 한민족을 위한 통일이지, 이건 일방적으로 남한이 북한을 먹여 살리는 것이나 다름없다는 생각에서였다. 분명한 것은 북한은 붕괴했고, 그런 나라를 남한이 받아주었다는 사실이다. 그건 곧 남한이 승자요, 북한이 패자란 뜻이다. 패자가 이 학교의 리더가 되도록 두고 볼 수는 없다.

이 학교에 온 것도 통일이나 통일시가 좋아서가 아니라 앞으로 서재원의 꿈을 이루는 데 좋은 조건이 될 수 있겠다는 계산이 나왔기 때문이다. 정치가를 꿈꾸는 서재원에게 이 학교의 진학을 제안한 사람은 아버지였다. 아버지는 몇 해 전부터 통일시의 지역신문사 대표로 서울에서 출퇴근을 하고 있었다. 그러다 서재원의 고등학교 진학 시기에 맞춰 온 가족이 아예 통일시로 옮겨오게 되었다.

서재원은 어렸지만 아버지가 기자라서 그런지 통일이 되던 당시에 대한 기억이 남아 있다. 갑작스럽게 통일이 되면서 한국은 혼란에 빠졌다. 곳곳에서 사람들이 정부를 상대로 통일을 놓고 여러 입장에서 시위가 벌어졌다. 텔레비전에선 하루 종일 시위 현장을 중계했고 길거리에서도 심심찮게 볼 수 있었다.

통일이 이루어지지 않아도 별 상관없다고 생각하던 남한 사람들은 하루아침에 국민의 혈세를 북쪽에 지원해 줘야 하는 상황을 긍정적으로 받아들일 수 없었다. 남한의 경제를 살리고 복지를 위해 쓸 수 있는 돈이었다. 이런데도 북쪽 사람들은 그런 것에 고마워하지 않고 되레 남쪽만큼 잘살게 해주지 않는다며 불평을 한다고 한다. 몇 해 전부터 이곳에서 북쪽 사람들과 일해 온 아버지의 말을 들어보면 북쪽 사람들은 도무지 이 사회의 시스템에 적응하지 못하고 일을 쉽게 그만두기 일쑤라는 것이었다. 서재원 역시 이래저래 북쪽 아이들이 마음에 들지 않았다. 거기다 회장을 하겠다고 나서다니 말도 안 된다. 박영민이 어떤 놈인지 모르겠지만 허점은 누구에게나 있다. 곧 박영민의 정체도 밝혀질 거다.

4장
단일화 제안

이튿날 늦은 오후, 서재원과 남보배, 남대성은 학교 앞 패스트
푸드점에 마주 앉았다. 수업이 끝나자마자 서재원이 3반 교실로
불쑥 찾아와 남보배와 남대성을 불러낸 것이었다. 굳이 학교 밖으
로 나가자는 데에는 그만한 이유가 있었다.

"자, 먹자."

서재원이 계산한 햄버거 포장을 뜯으며 남대성이 물었다.

"잘 먹겠는데, 무슨 일이야? 햄버거까지 쏘고?"

"내가 불렀으니까 당연히 계산은 내가 하는 거지."

"그러네. 당연한 일을 했네."

남대성이 고개를 끄덕이며 햄버거를 베어 먹었다.

"역시 햄버거는 공짜 햄버거가 맛있어. 반장누나, 먹어! 왜 안

먹어?"

반장누나는 남대성이 누나 같은 남보배에게 붙여준 별명인데, 아무도 동조해 주지 않아 혼자만 부르고 있다. 아이들 앞에서 처음 그렇게 불렀을 때 모두 어이없다는 듯 웃었다. 이상하게도 남보배를 대할 때면 외동인 남대성은 친누나가 있으면 이런 느낌일까? 하는 친근하고 좋은 기분이 들었다. 같은 남씨 성을 가져서 더욱 그런 것인지도 모르겠다. 남보배는 먹던 햄버거를 휘저으며 촐랑대는 남대성을 한 번 흘겨주고 서재원으로 눈길을 옮겼다.

"무슨 일이야?"

서재원이 햄버거를 내려 놓으며 말했다.

"너희들도 알고 있지? 박영민이 후보로 나선 거."

"그래?"

남보배와 남대성은 처음 듣는 얘기였다.

"오늘 점심때 등록한 모양이야."

"박영민이면 북한에서 온 1반 반장 말이지?"

"응. 그래서 말인데, 생각해 보니까 이러다가는 북쪽 애한테 회장 자리를 뺏기게 생겼더라고."

남대성은 고개만 끄덕였다. 사실 남대성은 자기가 아니면 누가 되든 상관없다고 생각하고 있었다.

"우리 남쪽이 후보가 셋이나 나왔으니 당연히 박영민이 되겠지. 그래서 이대로 있을 수 없겠다 싶어 너희들을 부른 거야. 대책을 세워보자고."

남보배가 안경을 올리며 물었다.

"무슨 대책?"

"얘, 안경 올릴 때 되게 똑똑해 보이지 않냐? 자세히 보면 좀 귀여운 것도 같고."

남대성의 말에 남보배는 얼굴이 살짝 화끈거렸다. 저런 민망한 말을 아무렇지 않게 하다니. 남보배는 남대성에게 눈길도 주지 않고 서재원만 뚫어져라 보았다.

"남쪽이 50명 북쪽이 55명, 표로 따져도 이미 우리가 밀려. 거기다 남쪽 후보가 셋이나 나오면서 표는 분산될 거고, 북쪽은 당연히 몰표를 얻을 거……."

"그래, 그건 알겠는데 그래서 어쩌라고?"

계속 같은 말을 반복하는 서재원을 남대성은 이해할 수 없었다.

"그러니까 우리 중 누구도 회장이 될 가능성이 없어졌다는 얘기야. 북쪽 애들 알지? 걔네들 자기들끼리 얼마나 잘 뭉치냐? 통일한국 제1고등학교 회장을 북한 애가 맡게 둘 거야?"

"그래서 어떻게 하라고? 이미 등록해 버렸는데. 그냥 가보는 거지 별 수 있어?"

"그러니까 내 얘길 좀 들어봐. 자식, 진짜 성질 급하네."

서재원 말에 남대성이 음료수를 들이켰다.

"그래서 내가 생각해 둔 게 있는데 우리 후보 단일화하자."

"후보 단일화?"

서재원이 고개를 끄덕였다.

"우리 셋 중 하나만 남쪽 대표로 나가는 거야. 그래야 한번 해 볼 만 한 게임이 되는 거지. 이러지 않으면 답이 안 나와."

"그럼 우리 셋 중에 누가 나가는 건데?"

"그걸 지금 여기서 정해보자고."

서재원은 웃음 띤 얼굴로 남보배와 남대성을 보았다. 서재원은 당연히 자기라고 말하고 싶은 걸 겨우 참았다. 반장이든 전교 회장이든 어느 것도 다른 사람에게 양보할 수 없다.

반장이 되면 장점이 한둘이 아니다. 담임선생님을 비롯한 여러 선생님과의 관계가 친밀해지고 학교생활은 자연히 수월해진다. 그뿐 아니라 담임과 남다른 친분으로 각종 대회에 대한 정보를 얻거나 추천을 받아 나갈 수 있다. 봉사활동 점수를 얻는 건 기본이다. 물론 이런 장점은 반장 경험이 있는 남보배 역시 잘 알고 있을 테다.

남보배는 생각지도 못한 얘기에 어리둥절하기만 했다. 박영민의 출마 소식을 듣자마자 후보를 단일화하자니, 엎친 데 덮친 격이었다.

"야, 그럴 필요까지 있냐? 그냥 등록했으면 다 한번 해 보는 거지. 그냥 나가는 거야. 그리고 애들 보고 뽑으라 그래. 그러면 뽑힌 사람이 하는 거고. 뭘 그렇게 복잡하게 단일화니 뭐니 그럴 필요까지 있어?"

남대성이 서재원의 마음을 아주 모르는 건 아니었다. 자기가 생각하기에도 남쪽 아이가 회장이 되는 게 더 좋을 것 같았다. 하지만 북쪽 아이가 된다고 무슨 큰일이 나는 것도 아닌데, 저렇게 머리를 써가며 일을 복잡하게 만들면서까지 남쪽 아이가 회장이 되어야 하는지 의문이 들었다. 그건 남보배도 마찬가지였다.

"한번 생각해 봐. 역사는 일등만을 기억한다고. 통일한국 제1고등학교는 우리 역사에서 엄청나게 중요한 의미를 가진 곳이야. 통일은 남한이 북한을 흡수하여 이루어졌는데, 이런 역사적인 학교의 회장이 북한 출신이다? 남한 아이가 후보로 세 명이 나오는 바람에 그렇게 됐다 해도 사람들은 그런 건 알지도 못하고 중요하지도 않아. 얼마나 인물이 없었으면 북쪽 애한테 회장 자리를 뺏겼을까만 놓고 판단한다는 거지."

"의미를 따진다면 박영민이 회장이 되는 게 더 의미 있지 않을까? 남북통일을 상징하는 학교에 북한 아이가 회장이 되는 게 진정한 통일을 보여주는 거잖아. 박영민이 회장이 되어도 어차피 우리 중 한 명이 부회장이 될 테니까."

남보배의 말에 남대성이 탁자를 두드리며 동조했다.

"반장누나 말이 맞네! 그게 진정한 통일이지!"

통일되기 전부터 북쪽 사람들을 위해 일해온 부모님도 좋아하실 것 같다는 생각이 들었다.

"의미만 가지고 뽑을 수도 없는 게…… 현실적인 문제가 있잖아."

서재원은 꼭 자기가 2대 1로 싸우는 듯한 기분이 들어 힘이 빠졌다. 하지만 포기할 수는 없다. 끝까지 어떻게든 설득해서 단일화를 이뤄야 한다는 생각뿐이었다.

"이 학교는 남한식으로 만들어지고 운영되는, 남한이 만든 학교라고. 지금 박영민이 반장 노릇을 잘 하는 것도 아닌데 회장을 한다는 건 현실적으로 불가능한 일이야. 박영민은 북한 사람이야. 우리 학교 시스템을 잘 알고, 아이들을 잘 이끌어 줄 능력이 있는 사람이 회장이 되어야 한다는 거야. 나야 몇 번이나 회장 경험이 있으니까 어떤 일인지 알지만 박영민의 경우는 우리 학교에 적응하는 것도 벅찰 텐데 회장 역할까지 한다는 건 말이 안 돼."

서재원 말이 끝나기 무섭게 남대성이 발끈하고 나섰다.

"뭐야! 그럼 나도 자격이 없다는 소리네! 처음부터 잘하는 사람이 어디 있냐?"

"그게 아니라. 회장은 그냥 한번 해보겠다는 식으로 맡아서는 안 된다는 얘기야."

남대성은 슬쩍 민망한 마음이 들었다. 회장 후보로 등록한 뒤로도 회장이 해야 할 일이나 능력 같은 것에 대해서는 한 번도 진지하게 생각해 본 적이 없었기 때문이다. 서재원의 말을 듣고 보니 그냥 만만하게 생각하고 도전한 사람은 박영민이 아니라 자기라는 생각에 가슴이 뜨끔했다. 그래도 결론은 자기가 가장 적임자라는 서재원의 말에 동의하고 싶지 않았다.

"그래서 네가 하겠다는 얘기냐?"

"하하, 그건 아니고 그냥 회장이라면 그런 마음가짐과 능력이 필요하다는 얘기지."

"그러니까 경험 많고 능력 되고 의욕 넘치는 네가 딱 맞다는 말이네. 결론은 자기라 이거지?"

"아니라니까. 그래서 이제 누가 좋을지 한번 정해보자 이거야."

서재원과 남대성의 얘기를 잠자코 듣고 있던 남보배의 기분이 좋을 리 없었다. 남보배 역시 서재원만큼이나 회장과 반장 경험이 많고 의욕도 넘친다. 그런 면에서 밀리지 않지만 지금 서재원의 얘기를 들어보면 후보를 단일화하자는 말은 자기가 되겠다는 뜻이나 다름없었다. 자기를 희생하면서 후보를 단일화하자는 사람은 없을 테니까. 순간 남보배는 아무 생각 없이 여기까지 따라와 햄버거나 얻어먹으며 이런 얘기를 듣고 있는 자신이 한심하게 느껴졌다.

"후보 단일화 방법에는 대충 두 가지가 있어."

서재원은 남보배와 남대성의 동의 여부와는 상관없이 말을 이었다.

"한 가지는 아이들에게 우리 셋 중 하나를 뽑으라는 거고 다른 하나는 여기서 우리가 정해 보는 거야. 누가 먼저 양보를 하면 보기에도 좋고 우리 모두 편하겠지."

"아, 머리 아파. 오늘 꼭 이걸 정해야 하나? 반장누나, 말 좀 해봐. 오늘 정해야 해?"

남대성은 이런 복잡한 상황이 딱 질색이었다.

"아직 단일화를 할지 말지도 모르겠는데, 지금 당장 정하는 건 힘들 거 같아. 먼저 단일화를 할 건지를 정하는 게 순서인 거 같은데?"

남보배의 말에 남대성이 손뼉을 쳤다. 남대성에겐 단일화를 하는 게 선거에 나가는 것보다 더 복잡하고 힘든 일처럼 여겨졌다.

"그럼, 오늘은 이걸로 끝내자. 어차피 양보할 사람 없는데 더 얘기해 봤자 무슨 소용 있냐? 다음에 생각하자, 다음에. 나 먼저 간다."

남대성이 도망치듯 가방을 들고 후다닥 자리를 떴다. 이어서 남보배가 자리에서 일어서자 서재원이 말했다.

"이렇게 되면 단일화를 투표로 하는 수밖에 없어. 남쪽 아이들에게 의견을 묻고 단일 후보를 정하는 게 좋을 거 같은데?"

아직 결정되지도 않은 일을 가지고 서재원은 저만치나 앞서 나가고 있었다. 남보배는 불쾌한 마음에 말이 무뚝뚝하게 나왔다.

"생각해 볼게."

* * *

남대성의 하루 일 중 빠질 수 없는 부분이 페이스북에 들어가 쪽지를 확인하는 일이었다. 역시 오늘도 화영이에게 장문의 쪽지가 와있었다. 쪽지를 읽는 남대성 얼굴이 점점 어두워졌다. 남대성의 회장 선거 출마를 응원하며 꼭 당선되길 바란다는 내용이었다.

응원 고마워. 근데 너도 대회 준비한다고 하지 않았어? 더운데 고생이 많네. 물론 남쪽보다는 그곳이 더 시원하겠지만. 그래도 너무 무리하지 마. 부상이라도 입으면 어떡하려고 그래. ㅜㅜ

화영이는 작년 통일시 예술제에서 만난 북쪽 여자아이다. 매년 10월 통일시에 통일한국 전국에서 청소년들이 모여드는데, 문화예술 교류를 위해 만든 청소년 예술제에 참가하기 위해서다. 3박 4일간 열리는 예술제에서 남대성과 화영이는 각각 연극과 전통무용 공연을 했었다. 남대성은 하늘거리는 몸짓과 예쁘장한 외모의 화영이에게 반하고 말았다.

회장 선거에 나가지 못할지도 모른다는 말은 차마 화영이에게 할 수 없었다. 멋진 모습을 보여주고 싶었지만 시작부터 조짐이 좋지 않다.

화영이를 위해서라도 멋지게 선거에 나가 당선되고 싶다. 하지만 서재원과 남보배에 비해 뭐 하나 잘난 게 없는 것 같다는 생각에 자신감이 끝도 없이 쪼그라든다. 서재원이 더 재수 없는 이유는 공부도 잘하면서 얼굴까지 잘생겼다는 점이었다. 자기가 조금만 더 잘생겼어도 그냥 밀어붙여 볼 엄두라도 낼 텐데, 이렇게 낮

아준 부모님이 원망스러웠다.

사실 아기 때 사진을 보면 자기가 봐도 믿기지 않을 정도로 정말 예뻤다. 이게 다 애정 결핍이 원인이다. 엄마, 아빠 모두 인권운동에 정신이 팔려 하나밖에 없는 아들을 나 몰라라 하니, 외모가 이렇게 변할 수밖에 없다. 귀도 없는 토마토도 예쁘다, 예쁘다 하면 예쁘게 큰다. 그런데 무관심으로도 모자라 당신이 낳은 아들 보고 못생겼다고 막말하는 엄마는 정말 이해가 안 된다. 이런 비극을 2세에게 물려주지 않기 위해서라도 어여쁜 화영이와 결혼해야겠다. 페이스북에 올라온 화영이 사진을 보자 남대성의 온갖 시름이 한순간에 날아가 버렸다.

5장
씁쓸한 농담

남쪽 아이들이 단일화를 위해 투표를 한다는 소식을 들은 선생들은 감탄과 함께 모두 한마디씩 했다.

"이거 생각 보다 일이 심각해지는 거 같은데요?"

테너 박 역시 수다라면 빠지지 않았다. 평소 서로에게 피해를 주지 않으려 조심하는 탓에 조용한 교무실이라 테너 박의 목소리는 유독 크게 들렸다. 김승일 선생이 눈길을 주자, 테너 박은 기회를 놓치지 않기위해 바로 말을 이었다.

"남녀 대결인 줄 알았는데, 남북 대결로 가니까요. 남쪽 아이들이 무슨 생각으로 단일화를 하겠어요. 꼭 남쪽이 회장이 되어야 한다, 절대 북쪽에게 뺏길 수 없다 이거 아닙니까?"

테너 박은 매사에 열정적이고 적극적인 인물로 아이들과 교육에 있어서도 그러했다.

"녀석들 참 이상하네. 그냥 등록했으면 남이든 북이든 상관없이 선거를 치를 것이지, 꼭 자기네가 해 먹겠다는 건 무슨 사명감인지 모르겠네요."

"요즘 애들은 다를 줄 알았는데, 실망인데요? 허허허!"

김승일 선생이 대꾸해주자 기분이 좋아진 테너 박의 웃음소리가 교무실에 울렸다.

요즘 김승일 선생은 하루를 겨우겨우 버틴다는 기분으로 살아가고 있었다. 부임 초기 열정을 쏟는 만큼 힘이 들었지만 보람은 있었다. 하지만 시간이 흐를수록 예전과 다른 교육현장에서 보람을 찾기는 더욱 힘들어졌다. 아이들을 가르치는 일 외에도 하루가 멀다고 쌓이는 행정 업무를 처리하고 나면 뒤를 돌아볼 여유도 없이 하루가 끝나기 마련이다.

김승일 선생 또래의 교사들은 모두 같은 병을 앓은 환자처럼 그 증상에 대해 잘 알고 있었다. 또 교사라는 직업에 사회가 요구하는 것은 항상 실수나 결점 없는 반듯하고 건강한 이미지라는 것을 누구보다 잘 알고 있었다. 안정된 직업으로 각광받지만 그 속사정이 어떨지는 누구도 알 수 없는 일이다.

"선생님은 누가 될 거 같으세요?"

"그걸 어떻게 압니까? 박수무당도 아니고."

"그래도 뭔가 느낌 같은 거 없으세요? 수로 따지면 박영민이 유리한데……."

그때 교무실로 막 들어온 40대 초반의 한진희 선생이 끼어들었다.

"아니, 정말 단일화를 하겠다는 거예요?"

테너 박이 테너라면 한진희 선생은 소프라노로, 둘은 성격이나 외모로나 오누이처럼 닮은 구석이 많았다. 그럼에도 둘 사이는 데면데면했다.

"한 선생님 반에서 둘이나 나왔잖아요. 남보배냐 남대성이냐, 선생님의 선택은?"

한진희 선생은 더는 상대하지 않고 자리로 갔다.

"아, 김 선생님!"

김지성 선생은 테너 박의 호명이 달갑지 않았지만 고개를 들었다.

"네."

"예전에 방송에서 보니까 북한에도 선거가 있다는데 사실입니까?"

방송에서 봤다면서 꼭 다시 확인하려는 심리를 김지성 선생은 이해할 수 없었다.

"네. 있는 걸로 알고 있습니다."

"그런데 투표율이 거의 99.99%다 뭐 이러던데요. 근데 100%가 아닌 게 오히려 더 신기하더라고요. 어느 반동분자가 감히 투표에 불참하고 그럽니까? 불참한 사람은 어떻게 되는 거예요?"

김지성 선생은 7세에 북에서 중국으로 왔다. 그 뒤로 북한 땅을 다시 밟아 본 적이 없다. 학기 초 회식 자리에서 저런 비슷한 질문에 너무 어려서 북한을 나와 잘 모른다는 얘기를 했는데도 사람들은 이런 질문을 계속해댔다. 일곱 살짜리가 선거라는 게 있는지, 그게 뭐하는 건지 어떻게 알겠는가. 북한에서 왔다면 북한의 생활 전반에 대한 질문을 쏟아내는데, 남한 사람은 남한 전반에 대한 모든 지식을 갖고 있단 말인가? 매번 겪으면서도 참으로 답답한 노릇이다.

　"바로 총살 아닙니까? 마을 주민들 다 보는 앞에서 공개적으로요. 아니면 아오지 탄광에서 한 50년 강제노역을 해야 하나?"

　"그건 아닐 겁니다. 아마 투표하러 오는 길에 사망한 사람일 겁니다."

　"아, 하하하! 그거 말 되네요! 아하하하!"

　테너 박의 우렁찬 웃음소리에 몇 선생이 깜짝 놀랐다.

　"근데 김 선생님은 아오지에 가본 적 있으세요? 저는요, 여행이 더 자유화되면 아오지를 꼭 한번 가볼 예정입니다."

　"네, 꼭 가보십시오."

　테너 박은 자기도 모르게 김지성 선생과 같은 북쪽 출신인 최희숙 선생에게 슬쩍 눈길이 갔다. 얼마 전에 북한에 관한 농담을 했다가 머쓱했던 기억이 있어서였다. 그 뒤로 눈치 없기로는 둘째가라면 서러운 테너 박 선생도 최희숙 선생이 내뿜는 냉기에 몸이 부르르 떨릴 정도였다. 언제나 조용한 교무실에서 이렇게 큰 소리로 떠드는데 최희숙 선생이 못 들을 리가 없다. 그런데도 시선 한 번 주지 않는 최희숙 선생의 자리에서 벌써 냉기가 도는 게 느껴졌다.

최희숙 선생은 못 들은 척하며 서류를 뒤적거리지만 몸이 굳어 버리는 건 어쩔 수 없었다. 사람들은 마치 공개 처형이나 총살이 시도 때도 없이 벌어지는 일로 여기며 웃음거리로 만들어 버리기 일쑤였다. 최희숙 선생은 어렸을 때 무언가를 훔쳤다는 이유로 아는 선생님이 공개 총살당하는 장면을 보아야 했다. 하지만 그런 일들은 북한 사람들에게도 흔한 일이 아니고 악몽처럼 끈질기게 떠오르는 끔찍한 경험이다.

누군가의 비극과 슬픔에 대해서 아무것도 모르는 타인이 그것을 웃음거리로 만드는 일이 얼마나 잔인한 짓인지 모르는 걸까. 탈북자라면 먹고살기 위해 가족과 국가를 버리고 오는 인간성을 상실한 사람으로 보는 시선도 최희숙 선생을 괴롭게 만들었다.

테너 박은 그런 최희숙 선생의 눈치를 살피고는 있지만 아무데서나 농담하는 타고난 기질이 하루아침에 달라지는 게 아니다. 인생 뭐 있나, 이렇게 흥흥거리며 농담 주고받다 저 세상으로 가볍게 가는 게 최고라고 생각한다. 테너 박의 인생관은 그날 하루하루를 즐겁게 살자는 거였다. 임종 때도 마지막을 함께하는 사람과 농담 따먹기를 하며 죽는 게 꿈이다. 얼마나 멋진가. 인생은 소풍이라고 했다. 그런데 소풍이 저렇게 칙칙하고 우울해서야…….

"통일한국 제1고등학교 회장 선거, 남북 축구경기보다 더 흥미진진합니다. 하하하!"

통일 전 남한으로 온 탈북자들이라면 이런 일은 흔하게 겪는다. 김지성 선생이 남한에 오고 30년 넘게 지내면서 들은 말들에 비하면 테너 박의 저런 말들은 애교에 불과했다. 탈북자라는 사실을 알게 되는 순간부터 사람들의 태도가 돌변하기 마련이고, 북한에 대한 시각은 무조건 부정적이었다. 그리고 마치 남쪽의 세금을 탈북자들이 모두 쓰고 있는 것처럼 여기는 사람들이 부지기수였다.

이런 일을 겪다 보면 자신의 과거를 숨기는 게 편하고, 어느 시기에 이르면 탈북자는 갈림길에 들어선다. 자기를 철저히 숨기고 사느냐 아니면 이대로 온갖 편견을 겪으며 살아갈 것인가 하는 길목에서 고민하다 반 이상이 출신을 숨기는 쪽을 택한다. 한때 김지성 선생 역시 탈북자라는 과거를 숨기고 지독하게 남한 사람이 되려고 노력했다. 그러면서 함께 지내던 탈북자와 한국으로 오도록 도와주고 남한에서 정착하도록 도움을 준 교회 사람들과도 인연을 끊었다. 과거를 숨기기 위해 모든 걸 버려야 했다.

김지성 선생도 북쪽에 대한 얘기가 나오거나 이렇게 실없이 아무렇지도 않은 척 농담을 주고받을 때면 최희숙 선생이 은근히 신경 쓰였다. 최희숙 선생은 단 한 번도 북쪽 얘기에 끼어들거나 어떤 말도 거든 적이 없었다. 자기 얘기를 하지 않는 이유는 꺼내고 싫지 않은 사연이 있기 때문이라는 건 쉽게 짐작할 수 있었다.

최희숙 선생은 저렇게 아무렇지도 않은 듯 농담으로 웅대하는 김지성 선생의 얘기를 들을 때마다 속으로 혀를 찼다. 어쩌면 이 학교에서 북쪽 사람에게 가장 큰 적대감을 가지고 있는 사람은 같은 북쪽 출신인 자기일지도 모르겠다고 생각한다. 이래저래 마음이 더 불편해지기만 한다.

열아홉 살에 남한으로 온 최희숙 선생은 여섯 살 된 동생이 기차에서 떨어져 죽는 모습을 두 눈으로 지켜 보아야 했다. 먹을 것을 구하러 나간 부모님이 한 달이 넘도록 돌아오지 않자 기차를 타고 찾으러 가는 길이었다. 달덩이처럼 유난히 하얗고 포동포동하던 아이는 점점 앙상하게 말라갔고 결국 그런 죽음을 맞았다.

어딘지도 모르는 곳에서 집으로 돌아오기까지 한 달이 넘게 걸린 것 같았다. 그동안 그녀가 죽지 않을 수 있었던 건 따뜻한 도움의 손길 덕분이었다. 내일의 끼니를 걱정하면서도 먹을 것을 나눠준 주민들이 있었기에 가능한 일이었다. 북한도 사람이 사는 곳이다. 굶주림에 서로를 잡아먹지 못해 안달 난 곳이 아니다. 어떻게 가족을 버리고 혼자 살자고 도망쳐 나왔냐고? 그럼 가족이 한집에 모여 서로 굶어 죽는 모습을 지켜보고 있어야 할까? 북쪽 사람들에게 탈북은 마지막 희망이기도 하다. 나 하나라도 탈북하여 남조선으로 가 돈을 벌어 가족을 데리고 오겠다는 희망. 그것도 아니라면 브로커를 통해 돈을 보낼 수 있다는 희망.

한 사람의 인생과 운명을 결정하는 데 가장 큰 영향을 미치는 것은 무엇일까? 최희숙 선생에겐 국가였다. 조선민주주의인민공화국은 최희숙 선생이 탈북자라는 과거를 만들었고, 그곳을 벗어난 지금도 북한 출신 교사라는 현재를 살게한다. 또 미래에도 영향을 미칠 것이다. 허망하게 죽어버린 동생에 대한 기억처럼 영원히 가져가야 하는 것이다. 그리고 최희숙 선생은 묻고 싶었다. 당신들이 대한민국이 아닌 조선민주주의인민공화국에서 태어났다면 어떠했을 것 같으냐고.

"단일화 투표를 한다면서요?"

언제 왔는지 교장의 목소리가 들렸다. 김지성 선생이 자리에서 일어나 설명했다.

설명을 듣는 교장의 표정은 점점 굳어갔고 아무 반응도 보이지 않았다. 북쪽의 박영민이 후보로 등록한 것은 교장 역시 생각지 못한 일이었다. 일이 자기가 그린 그림에서 크게 빗나갈 수 있다는 생각에 마음이 편치 않았다. 교장은 아무 말도 없이 교무실을 나왔다.

김지성 선생이 가끔 북쪽 출신 친구들을 만날 때면 듣는 소리가 있다. 아부하는 법까지 배운 걸 보면 남조선 사람이 다 됐다는 놀림이었다. 김지성 선생 본인이 생각하기에도 자신이 예전과 많이 달라졌고 북쪽 친구들은 그런 면에서 취약했다. 남쪽 사람들은 북쪽 사람들을 작은 일에도 자존심을 세운다 하고 북쪽 사람들은 남쪽 사람들을 자존심도 없다고 손가락질했다. 이런 이유로 김지성 선생은 그들의 말에 기분이 상하거나 하지 않았다. 로마에 왔으면 로마법을 따라야 한다. 언젠가 교장이 될 목표가 있는 김지성 선생에게 그런 핀잔은 아무것도 아니었다.

* * *

최희숙 선생은 남편과의 통화를 마치고 잠자리에 누워 텔레비전을 켰다. 밤늦은 시각 나오는 다큐멘터리는 경제 산업이 로봇화가 되면서 겪는 과정과 그 위험에 대해 경고하고 있었다. 중국에 진출한 자동차 공장이 로봇화되면서 많은 사람이 일자리를 잃었고 앞으로 모든 산업 분야에서 로봇이 인간을 대체하게 될 것이라고 전망했다. 또 사람이 운전하지 않아도 목적지까지 데려다주는 무인자동차는 완벽한 시스템을 갖추었기 때문에 사고율이 0% 가까이 될 것으로 예측했다. 최희숙 선생은 이런 내용에 가슴이 답답하여 더는 볼 수 없었다.

자본가들은 이익을 더 낼 수 있다면 당연히 기계화를 선택할 것이고, 사고가 나지 않는 로봇 자동차를 사용할 것이다. 자본주의 사회는 오직 돈이 목표이기 때문에 당연한 선택이다. 하지만 돈과 편리함, 무사고를 쫓다 보면 재앙이 일어날 것이다.

사람들은 사고와 병 같은 일을 부정하고 없어져야 할 것으로 여기지만 그런 것이 없는 세상은 지옥의 또 다른 모습일테다. 공장이 로봇화되면서 많은 사람이 일자리를 잃게 되고 이런 현상은 도미노처럼 번져 결국 사회를 붕괴시키는 재앙으로 변할 것이기 때문이다.

빛만 좇으려 해서는 안 된다. 어둠과 그림자 역시 그 존재 이유가 있으며 사회를 구축하고 유지하는 역할을 하고 있다. 죽음만 해도 그렇다. 사람이 죽지 않고 영원히 살게 된다면 이 세상은 어떻게 될까? 사람들은 빛만 좇으려 하고 어둠을 부정하고 그것에서 눈을 돌리려고만 한다. 하지만 그것을 부정하고 배척하면 할수록 위험은 커지고 재앙과 전쟁 같은 큰 그림자에 먹히는 것이 이 우주의 질서다. 북쪽의 재앙은 인간인 지도자들을 그림자 없는 신으로 모셨다는 것에서 시작되었다. 김일성이 나뭇잎을 타고 대동강을 건넜다고 학교에서 가르치고 배워온 북한 주민들은 굶주림에 시달려도 지도자를 탓하지 않았다. 남쪽의 재앙은 그들이 신처럼 여기는 돈이 가져올 것이다.

6장
단일화 투표

며칠 뒤, 점심시간을 이용하여 서재원은 아이들을 모았다. 몇 명을 빼고는 모두 참석한 것 같아 마음이 놓였다. 선거에 이 정도의 관심을 보여준 것만으로도 좋은 출발이다. 남보배는 이미 10분 전에 와서 아이들을 기다리고 있었지만 남대성은 아직 나타나지 않았다.

"기대했던 거보다 많이 와줘서 고맙다. 한 5분 정도 더 기다렸다 시작하자."

평소와 달리 부드러워진 서재원의 말투가 남보배 귀에 거슬렸다. 투표를 앞두고 저렇게 달라진 후보는 서재원밖에 없었다. 이번 일을 겪으면서 남보배는 서재원의 본모습을 본 것 같아 기분이 찜찜했다.

패스트푸드점에서 단일화 얘기가 나온 뒤 며칠 동안 서재원은 집요하고 끈질기게 남보배에게 문자를 보내 설득하려 했다. 서재원의 문자 폭탄에 시달리는 동안 머리가 지끈거릴 정도였다. 남대성은 서재원의 집요함에 결국 먼저 손을 들었고, 남보배도 며칠 뒤 결국 승낙하고 말았다.

사실 남보배는 후보가 둘이든 넷이든 상관없었다. 남보배는 후보로 나서면서 여자아이들을 공략할 계획을 가지고 있었다. 남과 북 가릴 것 없이 여자아이들에게 표를 얻는 것이 남보배의 목표였다. 남자아이들이 여자 후보에게 표를 주는 건 쉽지 않은 선택일 것인데, 남자 후보가 셋이나 되는 상황에서 거의 그럴 가능성은 제로라고 예상했다. 그러니 가능성도 없는 남자아이들의 표를 얻기 위해 힘쓰는 일은 어리석은 짓이다. 여자아이들, 남보배와 공통점을 가진 아이들의 마음을 설득하고 움직이기 위해 노력하는 게 최선의 전략이라고 생각했다. 그리고 여자아이들의 마음을 얻는 일은 남보배에게 그리 어려운 일이 아니다.

남보배가 후보 단일화를 승낙한 데에는 이런 생각에서였다. 단일화 후보 세 명 중 두 명이 남자이고 여자는 본인, 단 하나뿐이다. 이건 굉장한 강점이 될 것이다. 50명 중 26명이 여자이니 아주 작은 차이지만 유리한 건 사실이다. 그리고 무엇보다 남자 아이 두 명 모두 두루두루 호감을 얻기엔 뭔가가 부족했다. 서재원은 싸가지가 없고, 남대성은 믿음직스럽지 않다. 그러니 이 단일화 투표에서도 가장 유리한 사람은 자기라고 판단했다.

"남대성! 너 왜 이제 와!"

서재원의 타박에도 남대성은 씨익 웃으며 자리를 잡고 앉았다.

서재원이 자리에서 일어났다.

"오늘 여기 모인 이유는 모두 알고 있지?"

아이들이 고개를 끄덕였다.

"우리 셋은 남쪽 후보를 단일화하기로 뜻을 모으고 너희들에게 후보로 나갈 사람을 뽑아달라고 하기로 했어. 아무래도 유권자는 너희들이니까 너희들의 의견이 더 중요하고, 우리끼리 결정을 내리는 것보다는 더 정확할 거란 생각에서야. 투표에 들어가기 전에 후보 한 명씩 간단하게 각자 자기 뜻을 밝히고 나면 너희들이 현명한 선택을 해 주면 돼. 그럼, 누가 먼저 할래?"

남대성이 손을 번쩍 들었다.

"그래, 너 먼저 해."

"오, 남대성 멋진데!"

누군가의 놀림에 남대성과 아이들 몇이 킥킥댔다. 남대성이 머리를 긁적이다 목을 가다듬고 말문을 열었다.

"사실 조금 전까지 많은 고민을 했다. 내가 지금까지 살아오면서 이렇게 심각하게 많은 생각을 하기는 처음이었어. 처음 선거에 나가겠다고 결심했을 땐 우리 부모님의 영향이 컸어. 부모님 두 분 모두 지금 이곳에서 인권운동가로 활동하시고, 무엇보다 북한 인권에 오래도록 관심을 갖고 활동해 오신 분들이거든. 그리고 막연히 나 역시 앞으로 인권운동가가 되어 볼까 하는 생각도 품고 있었지. 이런 생각으로 이 학교의 회장으로 나가 보는 게 좋겠다고 판단한 거야."

남보배는 속으로 적잖이 놀랐다. 남대성이 이렇게 진중하고 말을 차분하게 잘 할 줄은 몰랐다. 남보배는 숨을 죽이고 남대성의 말에 귀를 기울였다.

"그런데 요 며칠 과연 내가 정말 회장 후보 자격이 있는 걸까? 하는 고민을 하게 됐어. 결국 서재원과 남보배가 나보다 더 자격 있고, 회장이 되어도 그 역할을 훨씬 잘 해낼 거란 결론을 얻었어. 그래서 난 이 학교의 무궁한 발전을 위해 회장 선거를 포기하기로 결심했다. 하하하!"

남대성이 말끝에 크게 웃어버리자 진지했던 분위기가 한순간에 날아가 버렸다. 아이들 역시 남대성의 반전에 헛웃음을 터뜨렸다. 한 아이가 박수를 치며 소리쳤다.

"개멋진데!"

아이들 몇이 따라 박수를 치며 재미있다는 듯 웃었다. 잠깐이지만 바짝 집중했던 남보배도 피식 웃음이 터졌다. 하지만 그것도 잠시, 이렇게 되면 서재원과 남보배의 경쟁이라는 데 생각이 미치자 찬물을 끼얹은 것처럼 정신이 번쩍 들었다.

"그래, 남대성 고맙다. 쉽지 않은 결정이었을 텐데……."

서재원이 진심에서 우러나오는 훈훈한 웃음을 지었다.

"그럼, 이제 남보배 네가 할래?"

남보배는 서재원의 웃음을 보자 혼란스러움이 더 커졌다. 남보배는 생각을 정리하고 착잡한 기분을 떨칠 시간이 필요했다.

"아니, 네가 먼저 해."

"그래, 그러지 뭐."

서재원이 아이들을 둘러보았다.

"난 현실적인 문제가 가장 중요하다고 생각해. 어떤 이상을 가지고 회장 역을 맡는다는 건 위험하다고 봐. 회장이라는 자리는 개인에게 영광스러운 일이기도 하지만 이 학교의 학생대표로, 전교생을 대변하고, 또 그들을 위해 자기를 희생해야 하기 때문이야. 난 이미 초등학교와 중학교에서 전교 회장을 해봐서 그게 어떤 일인지 잘 알고 있어. 그래서 난 남대성이 참 현명한 판단을 했다고 생각해."

서재원이 남대성을 보고 웃음 지었다.

'뭐야, 저 새끼.'

남대성은 서재원의 잘생긴 얼굴때문에 처음부터 아니꼽게 보고 있었지만 정말이지 이번에 질려버리고 말았다. 사람을 얼마나 질리게 만드는지 회장이고 뭐고 나부터 살아야겠다는 생각에 후보 단일화에 승낙할 수밖에 없었다. 지난 며칠 동안 정말 많은 고민을 했다는 말은 사실이다. 서재원에게 시달리는 것만으로도 머리가 빠질 지경인데 회장이 되면 머리가 터져버리는 건 아닌지 걱정된 것이다. 어울리지도 않는 이런저런 고민을 하며 시간이 흐르는 동안 단순히 재미있겠다는 생각에 나선 선거에 점점 흥미를 잃고 말았다.

"무엇보다 우리 아빠가 기자인 건 알지? 내가 회장이 되면 누구보다 먼저 정확한 입시 정보를 공유할게. 우리 아빠 인맥이 장난 아니거든."

서재원의 능청스러운 말투에 아이들이 가볍게 웃었다.

"그리고 이 말을 남녀차별로 받아들일까봐 걱정인데……, 이 학교를 대표하는 사람이 남자인 게 좋다고 봐."

남보배는 지금 들은 소리가 정말 서재원의 입에서 나온 것인지, 자기가 헛들은 것은 아닌지 의심스러웠다. 저런 구시대적 발언을 여기서 하고 있다니, 자폭이나 다름없었다. 여기저기서 여자아이들의 볼멘소리가 튀어나왔다.

"뭐야?"

"남녀차별이 아니면 뭐야?"

"단순히 보수적인 생각이 아니라, 사실 학교 대표로 활동하면서 전국에서 온 회장들이 모이는 자리를 가보면 여자들을 은근히 무시한다고. 너희들 우리 학교 대표가 어디 가서 무시당한다고 생각해 봐. 난 당연히 남녀평등이지. 남자보다 능력이 훨씬 뛰어난 여자들도 엄청 많다는 거 인정한다고. 그런데 현실이 그렇다는 거야."

서재원의 얘기가 끝나고 난 뒤 반응은 당연히 썰렁했다. 남보배에게는 좋은 징조였다. 여자 유권자가 반인 상황에서 저런 말을 하다니, 서재원은 생각보다 멍청한 게 분명했다.

자기 차례가 돌아온 남보배는 한결 가벼워진 마음으로 자리에서 일어났다.

"난 무엇보다 이 학교의 역할이 무엇인지 생각해 보고 그것에 따라 목표를 설정하는 게 중요하다고 봤어. 우리 학교는 이름 그대로 남북 통합의 역할을 하는 곳이야. 그렇기 때문에 우리 학교에서 가장 중요한 과제이자 목표는 우리의 화합이야. 입학한 지 몇 달이나 지났지만 아직 우린 친하기는커녕 제대로 친해질 기회조차 없었잖아?"

남보배와 눈이 마주친 여자 아이가 고개를 끄덕였다.

"그래서 남쪽 아이 하나와 북쪽 아이 하나가 짝꿍이 되어 서로의 문화와 생각을 이해하고 소통할 수 있는 짝꿍 프로그램 같은 걸 실행해 보고 싶어. 그리고 이런 것과 연계해서 동아리 활동도 다양하고 활발하게 운영하도록 학교에 적극적으로 요청할 생각이야."

"반장누나! 개멋져!"

남대성이 박수를 치며 큰 소리로 외쳤다. 남보배는 서재원을 슬쩍 보았지만 무표정한 얼굴에선 아무것도 읽을 수 없었다.

"그리고 난 학교 대표로 참가한 여러 프로그램 어디에서도 무시당해 본 적 없어. 결국 성별이 중요한 게 아니라 사람 나름이라고 생각해."

남보배의 마지막 말에 여자 아이 몇이 고개를 끄덕였다.

서재원이 서둘러 준비한 투표용지를 나누어 주었다. 남보배는 하얀 종이에 자기 이름을 적고 조용히 기다렸다. 남대성이 옆에 앉은 아이한테 큰소리로 물었다.

"야, 반장누나라고 써도 되냐?"

"장난하냐?"

바로 표가 걷어지고 개표가 시작되었다. 남대성이 나서서 표를 펼치며 말했다.

"남보배."

한 여자 아이가 칠판에 적힌 남보배 이름 아래 '一'을 그었다.

"서재원…… 서재원…… 남보배……."

개표가 끝나고 결과가 나왔다. 결과는 서재원의 승리였다.

* * *

엄마와 여동생이 일찍 잠든 집안은 고요했다. 하지만 남보배 머릿속에는 수많은 장면과 소리가 얽히고설켜서 금방이라도 폭발할 것처럼 시끄러웠다. 오늘 벌어진 일에 대해 이해가 될 때까지 잠을 이룰 수 없을 것만 같았다.

단일화 선거에 자신이 있었던 만큼 충격이 클 수밖에 없었지만 이건 단순히 실패를 받아들이지 못해서 생긴 문제는 아니었다. 지금까지 많은 선거에 나가 당선되었지만 떨어진 적도 있었다. 더 어린 나이에도 그런 일로 충격은커녕 상처가 되지도 않았다.

득표수는 서재원이 33표, 남보배는 9표로 서재원의 반에도 못 미치는 숫자였다. 선거에 온 아이들 42명 중 20명이 여자아이들이었다. 그런데 남보배에게 온 표는 단 8표에 불과했다.

남보배는 그제야 자기의 생각이 단순하고 어렸다는 사실을 깨달았다. 여자라고 해서 무조건 여자를 찍는 일은 초등학교 저학년 때나 있을 법한 일이다. 초등학교 내내 여자아이들에게 인기가 많았고, 여중을 다녔기에 거기까지 생각하지 못한 탓이었다.

하지만 이렇게 혼란스러운 이유는 따로 있다. 친구 선정이 말대로 서재원은 보기 드물게 싸가지가 없는 후보였기 때문이다. 그렇다고 회장이 될 만한 능력을 보여주거나 카리스마를 뿜는 것도 아니었다. 초등학교 저학년 아이들이 단지 여자라는 이유만으로 자기를 뽑은 것처럼 이번 투표는 단지 남자라는 이유만으로 서재원을 뽑았다는 답밖에 나오지 않는다.

'이 학교를 대표하는 사람이 남자인 게 좋다고 봐.'

이런 말까지 했는데 서재원을 뽑다니……. 아니면 그 말이 먹힌 것일까? 그러다 문득 거울에 비친 자기 얼굴이 눈에 들어왔다. 동글동글한 눈과 얼굴에 짧은 머리 스타일의 남보배를 처음 보는 사람은 모두 남자로 오해하기 마련이었다. 그나마 여성스러운 동그란 눈매가 뿔테 안경에 가려져 더욱 그랬다.

엄마와 여동생은 사람들이 남보배를 남자로 보는 것을 싫어했다. 언젠가부터 동생은 친구들을 집으로 데리고 오지 않았고, 같이 다니다 우연히 친구를 만나면 무척 당황했다. 남보배가 보기에는 엄마와 여동생이 너무 여성스러웠다.

남보배는 자기 외모나 스타일을 바꿀 생각을 한 적은 없었다. 모두 각자의 개성이 있고 하고 싶은 대로 하며 사는 것이 진정한 행복이라고 생각해 왔다. 하지만 엄마는 남보배의 외모를 보고 결혼은 어떻게 할 거냐며 구박한 적 있었다. 그때처럼 엄마가 한심해 보였던 적이 없었다. 남보배는 예쁜 외모로 결혼을 잘 하겠다는 여자들을 혐오하고 있었다. 남자들에게 의지하려는 한심하고 어리석은 여자들일 뿐이었다. 남자라서 서재원을 뽑은 여자들도 다를 바 없다. 앞으로 그런 애들과 함께 지내야 하다니.

비관하지 말자. 그런다고 달라질 건 없다. 지금까지 몰랐던 사실을 알게 된 것 뿐이다. 욕실 안을 가득 채운 김 때문에 뿌옇게 된 시야가 숨이 막힐 정도로 답답하게 느껴졌다.

7장
본격적인 선거 운동

서재원은 이제야 선거 운동을 본격적으로 시작하게 됐다는 마음에 한껏 들떠 있었다.

"매점 가자, 내가 쏜다!"

"와아!"

"오오!"

아이들이 좋아하는 모습을 보니 서재원도 기분이 좋았다.

처음 예상과 달리 쉽지 않은 과정을 거치면서 서재원의 마음도 복잡했다. 박영민이 후보로 나오면서 절대 유리할 수 없는 입장인데도 제대로 선거 운동도 하지 못한 채 시간만 보내야 했다. 물론 결국 승리는 자신의 것이라고 믿고 있었지만 남보배가 마지막까지 결정을 내리지 않고 시간을 끌 때는 조바심이 났다. 서글서글한 외모에 성격도 시원시원할 줄 알았던 남보배는 꽤 신중했고 쉽지 않은 상대였다.

하지만 역시 계획대로 자신의 승리로 끝나서 모든 것이 다 잘된 일이라 여겨졌다. 한 가지 예상하지 못했던 일은 둘의 득표 차였다. 이렇게 표 차가 크게 날 줄은 몰랐다. 32표와 9표 차이는 서재원이 보기에도 민망할 정도였다. 남보배도 꽤 자신이 있었던 모양인데, 그날의 굴욕은 평생 잊지 못할지도 모르겠다.

아이들이 아이스크림 하나씩을 들고 계산대 앞으로 모였다. 서재원이 카드를 꺼내들자 감탄이 터졌다.

"와, 웬 신용 카드?"

"응, 아빠가 쓰라고 줬지."

"와, 역시 다르다!"

아이들의 반응에 서재원은 흐뭇했다.

아빠는 든든한 후원자이고 친구 같은 사람이었다. 한 살 한 살 먹을수록 아빠와의 관계가 돈독해지고 있었다. 아빠 역시 날이 갈수록 말이 잘 통해서 좋다고 했다. 아빠는 정치가가 되고자 하는 서재원의 꿈을 적극 지지해줬다. 큰할아버지의 꿈이 정치가였고 아빠가 기자여서인지 집안 전체 분위기가 정치에 관심이 많았다. 명절 때나 집안 행사가 있을 때면 정치 얘기로 시간이 가는 줄 모를 정도였다.

아빠가 카드를 준 이유도 선거 활동에 쓰라고 준 것이었다. 이번 선거에 나가면서 아이들에게 돈을 쓰는 데 인색해서는 안 된다고 조언해 주었다. 그건 서재원도 진즉에 알고 있었다. 지금은 정치인들이 선거 때 유권자에게 음식을 제공하거나 돈을 주는 것이 법으로 금지되어 있지만 아주 오래전에는 그런 일이 흔하게 벌어졌다고 한다. 사람들은 후보가 마음에 들지 않더라도 일단 돈을 받거나 뭔가를 얻어먹으면 찍지 않기가 힘든 법이라고 했다. 중학교 때 한 후보가 피자를 돌려서 문제가 생긴 일이 한번 있었지만 어른들의 선거만큼 엄격하게 관리하지는 않았다.

"우리 이제 본격적으로 선거 운동해야지?"

서재원의 말에 모두 고개를 끄덕였다.

"이번엔 좀 색다르면서도 제대로 하고 싶어. 북한 애들한테 이런 게 선거 운동이다, 하고 보여줄 수 있게 말이야."

"그래, 좋지!"

서재원은 이 아이들에게 제대로 한번 밥이라도 사야겠다고 생각했다.

그때 매점 입구로 막 들어오는 강철민과 눈이 마주쳤다. 강철민과 서재원 그리고 아이들은 스치는 순간 서로를 경계하는 눈빛을 주고받았다.

"야, 저 새끼 눈빛 진짜 기분 나쁘지 않냐?"

"저 새끼 배달하던데?"

"뭐냐, 알바?"

"모르지. 저번에 밥 시켰는데 저 새끼가 들어와서 깜짝 놀랐다."

"저 새끼 정체가 뭐냐?"

"싸움 하나는 끝내주는 모양이야."

"쳇. 해 봤자."

서재원 역시 강철민이 항상 거슬렸다. 강철민의 눈빛에서는 누구도 부정할 수 없는 남한 아이들에 대한 적대감이 서려 있었다. 무엇보다 그렇게 노골적으로 표현한다는 건 남한 아이들을 그만큼 우습게 여긴다는 뜻이기도 해서 더욱 불쾌했다. 하지만 아이들 역시 그런 눈빛으로 대응할 뿐 누구 하나 강철민에게 따지거나 시비를 걸지는 못했다. 강철민이 학교 일진이라는 것을 누구나 암암리에 인정하고 있었다. 한 번도 싸우는 걸 직접 보지 못했지만 강철민의 분위기가 너무도 압도적이어서 함부로 할 수 없는 무언가가 있었다.

강철민은 딸기 우유를 마시며 서재원과 아이들이 벤치에 앉아서 떠드는 모습을 지켜보았다. 짧은 순간이었지만 아이들에게 돈을 써서 구슬리고 있다는 걸 알 수 있었다.

강철민은 서재원 같은 애를 잘 알고 있었다. 자기에게 시비를 거는 놈보다 더 싫은 부류였다. 싸움을 걸어 오는 놈들은 한판 싸우고 나면 관계가 깨끗하게 정리되기도 하고 오히려 더 좋아지기도 한다. 하지만 저런 놈들은 그렇지 않았다. 온갖 머리를 굴리며 상대를 공격하고 무시하면서도 직접적인 싸움은 교묘하게 피해 가는 영악하고 교활한 놈들이었다. 그러다 사태가 심각해지면 선생님과 부모님 뒤에 숨기 마련이었다.

자본주의 사회에서 가장 중요한 것은 돈이다. 학교에선 미래에 돈을 많이 벌 수 있는 공부 잘하는 놈들이 최고다. 아무리 싸가지가 없어도 공부를 잘하거나 집에 돈이 많으면 누구도 함부로 대하지 못했다.

"무슨 좋은 아이디어 없냐?"

서재원은 이번 선거는 지금까지와는 다르게 한번 제대로 해 볼 생각이다. 십 대의 마지막 선거를 멋지게 장식하고 싶었다.

"동영상을 찍어서 올릴까? 재원이가 얼굴이 되잖아."

"동영상?"

"가요에 맞춰서 뮤직비디오를 찍는 거야. 가사는 우리가 개사해서 부르고, 내용은 서재원 뽑아달라는 내용이지."

서재원은 이 아이디어가 썩 마음에 들었다.

"그래! 완전 웃기게 찍자! 학교 홈피에도 올리고."

"가사도 중요해. 서재원 광고나 마찬가지니까."

"그럼, 우리도 출연하는 거야?"

"당연하지!"

다들 신나는 게임을 앞두고 있는 것처럼 잔뜩 흥분해 있었다.

"진짜 좋은 아이디어다. 그런데 출연하는 애들을 가능한 많이 섭외하자. 그러면 더 확실하게 아군을 만들 수 있으니까. 그리고 어떻게든 북한 애들의 관심도 끌어야 해. 수로 따지면 우리가 밀려. 단 한 표 차이로도 질 수 있으니까."

북한 아이들의 표를 얻어야 한다는 말에 아이들이 모두 잠잠해졌다. 그건 도저히 가능한 일처럼 여겨지지 않았다. 서재원 역시 말은 그렇게 했지만 아이들과 같은 생각이었다. 그래도 박영민 보다 한 표라도 더 얻기 위해서는 북쪽 아이들의 표가 필요했다.

"북한 여자애들 마음을 얻을 수 있는 방법 없을까?"

"얘가 박영민보다 잘생기긴 했지."

"야, 그렇다고 얘가 얼굴로 홀릴 정도의 연예인급은 아니지. 여자애들은 재밌는 애 좋아해. 뮤직비디오 최대한 웃기게 찍자."

사실 서재원의 외모는 연예인급이었다. 할리우드의 어느 영화배우를 닮았는데, 그 배우가 착한 모범생 스타일에 이목구비 뚜렷한 전형적인 미남이라면 서재원은 반항기 가득한 나쁜 남자의 분위기까지 겸비하고 있었다. 평소에 달고 다니는 비웃음과 냉소가 오히려 도도해 보이게 만들어 몸값을 더 올린 꼴이 되어버렸다.

"선거 비디오에 잘생기게 나오도록 만들자. 메이크업도 받고 옷도 쫙 빼입고. 하하하."

아이들이 모두 웃었다.

서재원도 속 편하게 따라 웃고 싶었지만 그럴 수 없었다. 북쪽이 5명이나 더 많다. 거기다 남한 국적을 갖고 있지만 북한 사람인 강철민까지 더하면 6표가 된다. 이건 생각보다 심각한 문제다. 사상과 이념으로 똘똘 잘 뭉치는 북한 아니었던가. 북한 아이들을 보면 확실히 남한 아이들과 그런 면에서 다르다는 게 느껴졌다.

서재원은 단순히 추억거리를 만들거나 봉사활동 점수로 몇 점 더 얻기 위해 선거에 나선 게 절대 아니다. 정치가가 되는 데에 통일한국 제1고등학교의 학생회장 경력은 유리하게 작용할 것이다. 이 학교는 역사적인 의미가 굉장하다. 이런 곳의 학생회장이라면 큰 플러스 요인이 분명하다. 입시만 해도 대학에선 학생회장에게 가산점을 주고 특례입학의 기회도 준다. 학교에서의 리더가 사회에서의 리더로 이어질 가능성이 높기 때문이다.

거기다 어느 사회에서든 성공하기 위해서는 인맥이 중요하다. 서재원은 학생회장을 하며 소위 잘나가는 아이들과 어울리면서 인맥을 쌓아두었다. 아빠는 모두 언젠가는 성공하여 한 자리씩 차지할 아이들이라고 말했다. 서재원 역시 그런 아이가 되고 싶었고, 그들과 친분을 유지하기 위해서는 학생회장이라는 감투가 중요하다. 만약 북한 아이에게 밀려 떨어진다면 그런 기회가 줄어드는 건 물론이고 그동안 쌓아온 이미지에 타격을 받을 것이다. 이런 쉽지 않은 상황이 서재원의 승부욕을 더 자극했다.

* * *

"사회주의 국가는 국민의 사유재산을 인정하지 않고 모두 평등하게 노동하고 부를 나누는 체제다. 당연히 점점 생산성과 경쟁력이 떨어지고 사회 시스템이 제대로 돌아가지 않아 결국 무너지고 말지. 앞으로도 새로운 사회주의 국가의 출현은 없을 것이다. 지난 역사가 사회주의가 얼마나 실패한 제도인지를 여실히 보여주기 때문이지. 북한만 봐도 그건 확실히 알 수 있지 않겠냐."

박영민의 반에 조금 묘한 긴장감이 감돌았다. 수업 시간엔 특히 뛰어난 집중력을 발휘하는 박영민도 느낄 정도였지만 정치 선생님은 그렇지 않았다. 북쪽 아이들은 북쪽에 대한 얘기가 나올 때마다 예민해졌다. 그러한 이유는 대체로 좋은 얘기는 듣기 힘들었기 때문이다. 정치 선생님 역시 수업 내용이든 여담이든 북쪽의 잘못된 점에 대해서만 말했다.

박영민은 사회주의 제도 자체가 잘못된 것이 아니란 정도는 알고 있었다. 돈이 있어야만 돈을 벌 수 있는 자본주의에 비하면 사회주의의 혜택도 분명히 존재한다. 직업에 따라 월급이 다르기는 했지만, 가족 수대로 식량을 배급받으며 교육과 의료는 무조건 무료였다. 지도자의 독재와 부패로 그런 제도가 제대로 작동하지 못했을 뿐이다.

그런데 자본주의 국가인 남조선은 엄청나게 잘 사는 나라임에 분명했지만 사람들이 대학 등록금을 걱정하고 병원비를 걱정했다. 또 북조선에선 집이 무료로 제공되지만 이곳에선 집 한 채를 갖기위해 몇십 년의 월급을 모아야 한다고 한다. 이곳은 나라가 아무리 돈이 있어도 국민이 돈이 없으면 죽을병에 걸려도 치료해 주지 않는 곳이었다. 엄마와 누나도 이렇게 돈 많은 나라에서 국민을 상대로 왜 돈을 받는지 이해할 수 없어 했다.

"사회주의 나라가 붕괴되면서 북한은 고난의 행군이라는 시기를 겪게 된다. 주변 사회주의 국가가 붕괴되면서 도움을 받을 수 없었고 극심한 가뭄이 겹치면서 제대로 식량이 공급되지 않아 많은 사람들이 굶어 죽었지."

이 학교 선생님들은 북한과 그 지도자들에 대해 자주 거침없이 비난했다. 북쪽 아이들은 그런 점을 가장 마음 아파했다. 비난하는 것이 무조건 싫다는 게 아니다. 박영민도 북조선의 독재정권 세습은 어디에서도 벌어져서는 안 될 일이기에 비난받아야 마땅한 일이라고 생각한다. 그렇다면 자본주의의 병폐에 대해서도 언급해야 하는 것이 공정하고 바람직하다. 하지만 정치 선생님 입에서 그런 얘기를 제대로 들은 적은 없었다.

8장
다시 모인 아이들

강철민은 눈앞에 있는 포스터를 보다 거칠게 가래를 뱉었다. 오늘은 아침부터 재수가 없었다.

> 공부도 1등, 리더십도 1등, 그래서 1번 서재원!
> 준비된 리더 서재원, 맞춤형 통일 인재 서재원!
> 통일한국 제1고등학교를 빛낼 회장! 기호 1번 서재원!

게시판에 빈틈없이 붙은 포스터로 아이들이 하나둘 모여들었다. 컴퓨터로 디자인하여 출력한 포스터는 전문가가 만들었다 해도 믿을 정도로 썩 훌륭했다. 그래서 더욱 마구 찢어버리고 싶었지만 그럴 수는 없었다. 사소한 일에 열 받아 사고를 치면 어떤 일이 벌어질지 불 보듯 뻔했다. 북쪽 이미지를 생각해서 더더욱 조심해야 했다. 초등학교 1학년에 입학한 이후로 가장 조용한 날들을 보내고 있는 것도 그런 이유였다.

강철민은 북쪽 아이들만 들어올 수 있는 단체방에 메시지를 띄웠다.

선거 대책 마련이 필요하다. 점심시간에 1반 교실로 모이자. 그때까지 좋은 생각을 하나씩 만들어 오는 거로.

강철민은 이 선거에서 무슨 일이 있어도 이기고 싶었다. 박영민과 서재원만의 선거가 아니었다. 강철민의 선거이기도 했다. 자기가 공부만 박영민만큼 했다면 고민할 것도 없이 선거에 나갔을 것이다. 나가서 어떻게든 서재원을 이기기 위해 최선을 다했을 것이다. 강철민은 공부 좀 잘 한다고 집안이 좀 잘 산다고 잘난 척하는 인간들이 제일 싫었다. 서재원은 강철민이 싫어하는 점을 두루두루 갖추고 있었다. 무엇보다 서재원을 보면 떠오르는 아이가 있었다.

초등학교 1학년에 입학하고 엄마가 학교에 오기 전까지 강철민은 별 탈 없이 학교에 다니고 있었다. 하지만 그 평화는 오래 가지 않았다. 엄마의 등장으로 학교에 강철민이 탈북자라는 사실이 알려지면서 아이들의 놀림이 시작되었다. 북에서 왔다는 이유로 하루아침에 거지라고 놀림을 받아야 했다. 그래도 그때까지는 몇몇 친구들과 함께 어울렸었다. 2학년에 올라가면서 놀림과 따돌림은 더욱 심해졌고 하루가 다르게 학교가 너무도 싫어졌다. 학교에 가기 싫다는 강철민에게 엄마는 그깟 일로 겁을 먹으면 안 된다며 부득부득 학교에 보냈다. 그러다 한 아이와 승강이를 벌이다 얼굴에 상처가 나서 돌아온 날이었다.

"너 이게 뭔 꼴이니? 누구한테 맞았네?"

"……"

"꿀 먹은 벙어리니, 왜 말을 못 하니?"

"내가 학교 가기 싫다고 했잖아!"

"이 종간나새끼, 등신 같이 때리면 좋구나, 하고 맞고 있었니? 한 대 때리면 두 대 때리라! 두 대 때리면 세 대 네 대 때리라! 등신처럼 또 이러고 오면 내가 가만두지 않겠어. 집에 들어올 생각 말라!"

"……"

"왜 대답이 없니! 그래 가지고 사내라 할 수 있간?!"

엄마 눈에서 시뻘건 불똥이 뚝뚝 떨어지는 것만 같았다. 엄마가 그토록 무섭게 화를 낸 적이 처음이라 강철민은 순간 움찔했다. 마른 침을 삼키며 고개만 겨우 끄덕였다.

엄마의 예상대로 아이들의 시비와 손찌검이 또 시작되었다. 강철민은 이를 악물고 주먹을 마구 휘둘렀다. 아이들은 그런 강철민을 피해 순식간에 도망쳤고, 어쩌다 한 대 맞은 아이는 그 자리에서 울음을 터뜨렸다. 어린 강철민이 생각하기에도 참 시시한 싸움이었다. 집으로 돌아오는 길에는 피식 웃음까지 나왔다. 그동안 아무 것도 아닌 것들한테 당했다고 생각하니 분하기도 했지만 뭔가 해낸 것 같아 마음이 뿌듯하기도 했다. 그 뒤로 아이들은 강철민을 함부로 놀리거나 무시하지 않았다. 학교를 옮기거나 중학교로 올라갈 때마다 강철민에게 싸움은 피할 수 없는 과정이었다. 그때마다 강철민은 오기와 강단으로 죽기 살기로 싸웠다. 그 결과 단한 번도 져본 적이 없었다. 점점 주먹만큼은 자신 있었다. 그리고 주먹이 있는 한 아무도 강철민을 건드리지 못했다. 북한에서 왔다는 소문이 돌아도 누구도 그런 거로 괴롭히거나 무시하지 못했다.

그러다 중학교 2학년 때 전학 온 아이가 하나 있었다. 온몸을 비싼 명품으로 휘감아 누구나 그 아이가 잘사는 집 아이라는 걸 단박에 알 수 있었다. 거기다 공부까지 잘했는데, 그렇지 못한 아이들을 무시하기 일쑤였다. 강철민은 결국 그 아이와 싸움이 붙었고 그 결과 강철민만 퇴학을 당하고 말았다. 알고 보니 그 아이는 학교 이사장의 손자였다.

입학하는 날 반 배정을 받고 처음 서재원을 봤을 때 강철민은 그 아이를 다시 만난 듯한 착각이 들 정도였다. 서재원의 말투 하나 행동 하나가 계속 분했던 과거를 떠올리게 했다. 싸움이 일어나고 퇴학 처분을 받기까지의 시간은 악몽이었다. 그런데 복제품 같은 서재원의 존재가 자꾸 강철민의 신경을 건드렸다.

공부를 못하는 것이 이렇게 후회가 되기는 처음이었다. 안타깝다 못해 속이 쓰릴 정도였다. 공부와는 담을 쌓고 사는 강철민을 보고 엄마는 언젠가는 후회할 날이 올 것이라며 타박했지만 그땐 그 말이 무슨 뜻인지 조금도 짐작할 수 없었다.

"무슨 좋은 방법 찾았어?"

형제같은 친구 최대철이었다. 강철민은 굳은 얼굴로 머리를 가로저었다.

그동안 남쪽에서 보아온 선거 중 기억날 만큼 인상적이었던 것은 없었다. 공부와 선거만이 아니라 학교생활 전반에 걸쳐 전혀 관심이 없었다. 몇 가지 기억에 남는 장면이 있는데, 반장 선거 당일에 반장을 뽑는다는 사실을 알고는 황당했던 적이 있었다. 반장 선거에 유난을 떠는 학부모의 활동을 막기 위해서였다. 또 어떤 아이는 앞에 나가서 자기를 뽑아달라며 개그의 한 장면을 따라 해서 아이들을 웃기기도 했다. 하지만 그건 중학교도 아닌 초등학교 때의 일이었다.

점심식사를 마치고 강철민과 아이들은 박영민이 반장으로 있는 1반으로 갔다. 이미 많은 아이가 와 있었다.

"박영민은?"

강철민의 물음에 아이들이 서로를 쳐다보았다.

"식당에서 점심 먹는 거는 봤는데……."

아이들 몇 명이 더 들어오고 시간이 흐른 뒤에도 박영민은 나타나지 않았다.

"걔 연락 못 받은 거 아니야?"

"연락 못 받아도 교실에 있어야 할 거 아냐."

"맞아! 걘 점심시간에 독서실 가서 공부해."

강철민이 인상을 썼고 교실 안 분위기가 심각해졌다. 아이들 몇이 바로 독서실로 향했다.

강철민은 화가 나기보다 참담한 기분이 들었다. 선거를 앞두고 모이기로 한 때에도 독서실에서 공부하는 박영민을 이해할 수 없었다. 이번 선거가 유리한 게 맞지만 이런 식으로 의욕을 보이지 않으면 북쪽 아이들의 표도 잃을 수 있다. 후보가 이렇게 소극적이고 무관심해서야 함께 해보자는 아이들의 사기까지 꺾이는 건 아닌지 걱정이었다. 처음부터 박영민이 마음에 들지 않았던 이유도 이런 점이었다. 공부밖에 관심이 없는 박영민은 북쪽 아이들 사이에서 유독 튀는 인물이었다. 북쪽에서는 국가나 단체보다 개인의 행복이나 이익을 더 중요시하는 사람은 비난받아야 마땅할 대상이었다. 얼마 뒤 박영민이 아이들과 나타났다.

"미안, 폰을 집에 두고 오는 바람에."

"자, 이제 왔으니까 시작하자."

어수선한 분위기가 순식간에 정돈되었다.

"지금 남조선 애들은 동영상 찍겠다고 난리가 난 모양이야."

"동영상?"

"댄스가수 뮤직비디오처럼 만들겠다고 하더라. 그래서 말인데,

우리도 뭔가 해보는 게 좋을 거 같아. 우리가 수로 따지면 유리한 건 맞아. 하지만 우리도 뭔가를 하고 있다는 걸 보여줘야 해. 또 후보 등록을 하던 날에 비해 점점 아이들의 관심이 줄어드는 거 같아."

강철민은 정작 중요한 사실을 말하지 않았다. 강철민의 가장 큰 걱정은 여자아이들 사이에서의 서재원의 인기였다. 강철민은 북쪽 여자아이들에게 북쪽 남자아이는 인기가 없다는 걸 알고 있었다. 그래서 박영민에게 반감이 있는 아이들 몇과 연예인 같은 서재원에게 호감을 느끼고 있는 애들의 표가 어디로 가는지가 관건이었다. 결국 이번 선거의 핵심은 나가는 표를 막는 일이었다. 그것만 막으면 승리는 북쪽의 것이었다. 하지만 문제는 나가는 표를 막는 방법을 모른다는 데 있었다. 남쪽 아이들처럼 웃긴 춤을 추거나 달달한 말로 여자아이들에게 호감을 얻는 방법은 죽었다 깨나도 못 할 짓이다.

"조를 나눠서 포스터를 만들고 붙이는 작업부터 하자."

이런저런 얘기가 나왔지만 모두 남쪽 애들을 따라 하지 말자는 의견으로 모아졌다. 그래도 홍보의 기본인 포스터는 구색을 맞추기 위해서라도 해야 할 일이었다. 결국 30분 가까이 얘기를 나눈 끝에 찾은 방법은 포스터 붙이기였다.

그때까지 이렇다하는 말이 없던 박영민이 조심스럽게 의견을 꺼냈다.

"남조선 선거에 대해 잘 알고 있는 선생님의 도움을 받아 보는 게 좋지 않을까? 이런 경험이 거의 없는 우리에겐 불리하니까 도움을 받는 수밖에 없다고 생각해. 조언해 줄 분이 필요해."

박영민의 말에 강철민이 고개를 끄덕였다.

"그래, 그럼 박영민이랑 내가 교무실에 한번 찾아가 볼게."

* * *

박영민은 학교를 마치자마자 북쪽으로 가는 버스에 올랐다. 주말을 이용해 북에 계신 할머니도 뵙고 도덕 선생님도 찾아뵐 생각에서였다. 가장 중요한 목적은 도덕 선생님을 만나기 위해서였다. 남쪽에서 온 선생님은 영특한 박영민에게 남다른 애정을 갖고 계신 분이었다. 박영민 역시 중학교 3년 내내 그런 선생님을 잘 따랐다.

교통이 좋지 않아 선생님 댁에 도착했을 때는 이미 캄캄한 밤이었다.

"아이고, 피곤하겠구먼."

언제나처럼 선생님은 박영민을 반갑게 맞아 주었다.

작은 손님방으로 들어가자 이부자리와 박영민이 갈아입을 옷이 단정하게 개어져 바닥에 놓여있었다. 꼭 필요한 가구만을 간소하게 갖춘 방안은 선생님과 많이 닮아있었다. 두 사람은 작고 소박

한 통나무로 된 탁자를 사이에 두고 마주 앉았다. 선생님이 찻잔에 차를 따르며 말했다.

"네 얘기를 듣고 이래저래 많이 생각해 봤다. 지금 아이들이 어떤 마음인지 짐작해 보면 이건 남과 북의 싸움이지 진정한 선거는 아니지."

"네."

"그게 뭐든 이기고 보자면, 선거에 있어서 중요한 건 공약이야. 북이니 남이니, 국가나 사상 가지고 달려들면 답이 없지. 그건 국민은 안중에도 없고 정치놀음에만 관심 있는 정치가들이 하는 짓이고 너와 아이들이 바라는 학교가 어떤 모습인가, 그게 중요한 거지."

박영민이 고개를 끄덕이며 말했다.

"네, 그런데 그게 뭔지 잘 모르겠습니다."

도덕 선생님은 그런 박영민을 보고 웃었다. 선생님은 박영민이 이번 선거를 잘 치르고 회장이 될 수 있을지 그런 건 중요하지 않았다. 박영민이라는 소년의 인품이 좋았다. 어느 한쪽으로도 치우침 없이 공평하게 판단하는 능력으로 지도자가 된다면 그것도 좋은 일이라 생각했다. 이런 경험은 박영민의 그릇을 키울 수 있는 기회이기도 했다. 앞으로 이 영특한 아이의 앞날은 어떻게 펼쳐질 것인가. 어린 만큼 그 앞에는 무궁무진한 가능성이 열려 있다는 생각에 부럽고 설레기까지 했다.

오늘따라 박영민은 주름진 선생님 얼굴이 더욱 따뜻하고 친근하게 느껴졌다.

"남한이든 북한이든, 국가는 약자를 위해 존재해야 하는 거다. 짐승과 인간의 세계가 다른 점이 그거지. 인간에겐 인권이라는 게 있다. 강하든 약하든 모든 인간은 존엄하고 국가는 그 약자를 보호하는 역할을 해야 한다. 모든 국민이 국가의 주인이니까 당연한 일이지. 학교도 마찬가지다. 학교의 주인은 교사만이 아니라 학생도 학교의 주인이지. 그런데 현실은 그렇지 않지?"

박영민은 새로운 사실에 어리둥절해졌다.

9장
외로운 저녁 식사

 남대성은 남보배에게 문자를 보내고 한 시간을 기다렸지만 답신이 없었다. 요 며칠 남대성이 보기에도 남보배는 기운이 없어 보이고 부쩍 말수도 적어진 것 같았다. 모두 단일화 투표 때문이라는 생각에 남대성이 기운 내라는 뜻으로 저녁을 사줄 생각이었다.
 띠링!

 ─ 너야말로 나한테 관심 좀 꺼줄래? 남의 일에 신경 끄고 너나 잘해.

 남보배의 답신에 남대성이 히죽 웃었다. 요즘 아무리 앞에서 깐죽대도 없는 사람 취급을 해서 적잖이 서운하던 차에 이런 문자는 톡 쏘는 탄산처럼 관심에 목마른 남대성의 갈증을 해소해 주었다.

가끔 이렇게 톡 쏘는 말을 하고 홱 돌아서거나 쏘아 보는 눈빛을 보낼 때, 남대성은 기분이 상하기는커녕 자꾸만 하고 싶어졌다. 둥실둥실 소년 같은 남보배에게서 새침데기 소녀 같은 모습을 보는 건 오히려 신선했다. 혼자 멍하니 넋 놓고 앉아 있을 때면 그런 모습이 떠올라 웃음이 나곤 했다. 귀여웠다.

— 내 인생의 전교 회장은 반장누나뿐이야! 파이팅!!!

남대성이 냉철하게 이성적으로 생각하기에도 회장감으로는 서재원보다 남보배가 더 적합했다. 당연히 남대성은 남보배에게 표를 주었지만 아이들의 선택은 달랐다. 남대성도 남자지만 남자가 회장이 되어야 한다는 생각을 이해할 수 없었다. 표 차이가 박빙일 것이라 예상했는데 그마저도 어이없게 빗나갔다. 남보배가 상심이 큰 건 그 이유 때문이리라.

아무리 생각해도 서재원은 회장감이 아니다. 남대성은 북쪽 후보 박영민에 대해 아는 게 없지만 괴물만 아니면 박영민을 찍을 생각이다. 오늘 낮에 있었던 일만 보아도 서재원을 찍어서는 안 될 일이다. 서재원이 동영상 찍는 걸 도와달라는 말에 아무 생각 없이 주체할 수 없는 끼를 발산할 겸 나섰다가 머슴 취급만 당하고 말았다.

오늘 점심시간이었다. 교실 뒤에서 아이들 몇과 동영상 찍을 계획을 세우고 있었다. 서재원은 처음부터 자기가 감독인 마냥 굴었다.

"나 연기 못해."

"됐어! 그냥 해. 그리고 너랑 너는 내 뒤에서 춤춰. 코믹 춤으로."

"춤?"

황당해하는 아이는 뒷전이고 다른 아이를 손가락으로 가리키며 말했다.

"넌 의상 담당이야. 내일까지 어떤 복장을 할지 정해 와."

아이들의 의견을 무시하고 독단적으로 아이들이 할 일을 모두 정해버렸다.

"야, 너 매점 가서 음료수 사와."

한 아이에게 돈을 주며 부려먹기까지 했다.

똑똑똑-

아빠가 방문을 두드리며 밥 먹으라는 소리에 남대성은 주방으로 갔다. 하루에 한 끼는 꼭 함께하기로 했지만 아침에 늦게 일어나는 남대성 때문에 그런 일은 좀체 일어나지 않았다. 어쩌다 부모님이 일찍 퇴근하시면 이렇게 세 식구가 식탁에 둘러앉아 밥을 먹을 수 있었다.

"아, 무슨 라면이야!"

따뜻한 집밥이 그리웠던 남대성은 라면을 보자 짜증이 났다.

"김밥 몇 줄 사올 걸 그랬나? 밥통에 밥 있으니까 말아 먹어."

보통 맞벌이 부부라고 하면 끼니를 제때 챙겨주지 못하는 자식에게 미안해한다고 한다. 그런 사실을 드라마를 통해서 알게 되었다. 그런 놀라운 일이 사실인지 확인하기 위해 친구들에게 물어보고 확인까지 했다. 그렇다고 아빠가 다정하여 남대성을 보살펴 주거나 끼니를 챙겨주는 것도 아니다.

"후보 단일화한다고 난리더니 그건 어떻게 됐냐?"

그나마 아빠는 남대성의 학교생활에 대해 관심을 갖고 있었다.

"아, 그거. 내가 양보했지. 남보배랑 서재원이 붙었는데, 난 남보배 찍었는데 애들은 거의 서재원 찍었어. 여자애들도 아마 반 이상 찍었을걸? 걔는 진짜 아닌데."

"왜?"

"싸가지 정말 없거든. 오늘도 진짜 재수 없었어. 애들 엄청 무시하고."

엄마가 끼어들었다.

"이상하네. 네가 양보했다니? 자신 없어서 포기한 게 아니고?"

"아, 엄마 진짜 아들을 뭐로 보는 거야?"

"너는 못생긴 애가 그렇게 끈기도 없냐?"

"못생겼다고 하지 말라고. 진짜 점점 더 못생겨지고 있잖아."

엄마가 못생겼다고 할 때마다 남대성은 화초와 토마토 실험 얘기를 하며 식물도 사랑받아야 예뻐진다는 말을 수도 없이 해왔지만 한 번도 먹힌 적은 없었다.

"그래서 남쪽 애 중 서재원 혼자 후보로 나간다, 이거지? 그럼 북쪽 후보는 몇인데?"

"그쪽도 한 명. 박영민이라는 앤데, 진짜 머리 엄청 좋고 공부 잘하나 봐."

"걔 됨됨이는 어떤데?"

"모르지. 서재원 보다는 낫겠지. 난 걔 찍을 거야."

"어떤 앤지도 모르고 찍겠다고? 흐흐흐. 그래도 북이니 남이니 너희들 선을 그을 때 아니다 싶었는데, 진정한 회장감을 뽑으려면 그런 거에 연연해서는 절대 안 되지."

남대성이 지금까지 가출하지 않고 버틸 수 있었던 까닭은 그나마 아빠와 대화가 통해서였다.

"내가 이 회장 선거를 통해 중요한 걸 깨달았어. 내가 가야 할 길이 인권운동가가 아니라 배우라는 사실이야. 역시 난 머리 복잡한 거 딱 질색이고 또 끼를 억누르며 사는 게 힘들 거란 사실을 깨닫고 그렇게 결정했어."

남대성의 아빠는 얼마 전 아이들의 얘기를 듣고 적지 않게 걱정이 됐다. 미래의 주역이 될 아이들이 다니는 학교라는 곳에서까지 남과 북으로 나뉘어 아이들만의 전쟁 아닌 전쟁을 치르게 되는 건 아닌가 하고 말이다.

통일부 공무원이었던 아빠는 퇴직 후 이곳으로 와 인권 운동가인 엄마와 인권 교육 일을 맡아 하고 있다. 인권과 통일 교육을 받으러 남북 전국에서 이곳으로 오는 일반인과 청소년을 상대로 거의 매일 교육이 이루어졌다. 퇴직 전까지 북한 주민들과의 교류의 장을 만들고 이끄는 것이 주된 업무였던 만큼 통일과 북한 사람들에 대한 아빠의 관심은 남달랐다. 엄마 역시 인권단체에서 북한 주민들의 탈북을 돕고 그들이 남한에서 제대로 정착할 수 있도록 돕는 일을 해왔기에 부모님은 이곳에서 일하는 게 당연하다고 생각했다.

통일이 되고 십 년이 흘렀지만 남한 사람들이 가지고 있는 북한에 대한 반감과 몰이해는 여전했다. 통일 초기 반감이 폭발적으로 커져 남한 내부에서도 여러 갈등이 있었다.

하지만 이것은 지극히 단면만을 보기 때문에 발생하는 갈등이었다. 통일한국이 되면서 잃은 것만 있는 것은 절대 아니다. 인구 수가 늘어나면서 부족한 생산인력을 보충할 수 있었다. 또 국토가 넓어지면서 다양한 환경과 문화를 접하면 그만큼 시야와 생각이 넓어지기 마련이고 다양한 자연광물 역시 국가의 경쟁력을 높일 것이다. 이미 부산에서 북으로 이어지는 철도는 유라시아 대륙과 직접 연결되면서 유라시아 문화권 전체와 교류하게 되었다. 철도 여행으로 더 많은 외국 여행객들을 끌어들일 수 있게 된 것도 큰 이익이다. 또 철도 시스템은 선박이나 항공 운송의 물류 시스템에 비해 훨씬 경제적이다.

하지만 남쪽 국민이 추후에 얻을 이익에 대해서는 모두 들으려

하지 않았다. 당장 눈앞의 손실에만 급급했다. 한두 세대만 참는다면 안정을 찾고 세계 강국이 될 수 있다. 북쪽으로 흘러 들어가는 돈은 다른 나라로 빠져나가는 것이 아니라 결국 이 나라에서 돌고 돌 돈이다.

"보배가 상심이 크겠네?"

남대성의 미래에 대해 잠자코 듣는가 싶던 엄마가 대뜸 남보배를 걱정하고 나섰다. 이럴 때마다 낭패감을 느끼지만 하루 이틀 겪는 일도 아니다.

"그렇지 뭐. 그래서 내가 밥 한 끼 사주려고 했는데 이미 먹었다네."

남대성의 엄마는 남보배네 집을 잘 알고 있었다. 통일시에서 꽃집을 운영하는 보배 엄마와 보배는 닮은 구석이 전혀 없었다. 처음 보배를 보았을 때 아들이라고 생각했는데 딸이라고 하여 조금 놀라기도 했다. 그 엄마가 유독 여성스러워서 더 그러했다.

통일시에서 사용하는 꽃은 모두 보배네 화원에서 공급하기 때문에 혼자 벌어도 별 어려움이 없지만 그런 보배 엄마에게도 걱정이 하나 있었다. 바로 아들 같은 딸 보배였다. 공부도 잘하고 예의도 바르고 성격도 좋아 보여 무슨 걱정인가 싶지만 남보배의 외모는 남자였다. 남대성의 엄마가 느끼기에도 그냥 스타일이 보이시한 것으로 가볍게 치부할 수 없는 정도였다.

'그래도 그렇게 괜찮아 보이는 보배가 여자아이들에게도 표를 얻지 못했다?'

세계 어느 곳에서나 성차별이 있기 마련이다. 아무리 선진국이라 해도 겉으로 드러나지 않는 차별은 존재하고 있다. 하지만 문명화가 덜 된 곳일수록 문제의식 없이 차별이 벌어지고 있었다. 무지하다는 것이 가장 큰 문제다. 가부장제도가 여전한 북한 주민들을 만나면서 여성과 어린아이, 약자의 인권이 파괴되는 처참한 상황을 수도 없이 목격했다. 하지만 식량과 약품도 제대로 공급되지 않아 생존권마저 보장되지 않는 곳에서 여성과 아동의 인권을 논하는 것은 뜬구름 잡는 얘기나 다름없었다.

전혀 다른 제도와 사상을 가지고 있는 둘로 쪼개진 나라였지만 남과 북의 약자에 대한 차별은 너무도 닮아 있었다.

"엄마, 나 배우 하겠다고."

"뭐 배우는 머리 나빠도 할 수 있는 일인 줄 알아? 머리 쓰는 것도 그렇게 싫어해서 어쩌니?"

* * *

통일시 지역신문을 보던 남대성의 아빠는 신문을 내려놓았다. 앞으로 통일시의 개발과 발전에 대해 긍정적으로 전망하는 기사를 꼼꼼히 읽은 뒤였다. 이곳을 통일교육 도시로 특성화시키고 다양한 직업훈련소를 지어 북쪽 사람들이 자유롭게 머물며 기술을 배워가는 곳으로 만들겠다는 시장의 생각을 밝히는 칼럼이었다.

통일시 곳곳에 용도를 알 수 없는 크고 작은 건물들이 들어서고 있는 것으로 보아 이미 진행되고 있는 것 같았다.

자연히 통일 전 남북의 협력으로 만들어진 개성공단이 떠올랐다. 그곳에서 2년 정도 일한 아빠는 북쪽 사람들을 만나면서 북한에 대한 생각이 많이 바뀌는 인상 깊은 경험을 했었다. 그 역시 반공 교육을 받고 자란 세대로 북쪽 사람들과 지낸다는 것이 부담스러운 일이었지만 그건 쓸데없는 걱정에 지나지 않았다. 물론 문화 차이에서 오는 오해와 갈등으로 인해 속이 타들어 갈 정도의 위기가 여러 차례 있었던 건 사실이다. 하지만 그들 역시 남쪽 사람과 다르지 않은 웃음 많고 정 많은 평범한 사람들일 뿐이었다.

남대성의 아빠를 힘들게 한 것은 북이 아닌 남한 정부의 정책이었다. 개성공단을 정치적으로 이용하려는 정부의 처사로 건설 전부터 약속해 둔 일들이 지켜지지 않았고, 북쪽의 도발로 개성공단에 폐쇄 조치가 내려지기도 했다. 북한의 도발을 막기 위해 이런 경제적 압박을 가하는 상황에서도 북한 경제는 계속 좋아졌지만 그곳에 입주해 있는 남쪽의 업체는 그 기간 동안 고스란히 피해를 입을 수밖에 없었다.

사실 이익을 보는 쪽은 남한이었다. 중국 노동자들의 임금이 올라가면서 중국에 진출해 있던 외국의 기업들도 하나둘 중국을 빠져나갈 때 북쪽의 값싼 노동력은 전 세계 어느 곳과도 비교할 수 없을 정도였다. 임금만이 아니라 상품을 운송하는 비용 역시 베트 남과 같은 동남아시아 지역에 공장을 두었을 때와 비교도 할 수 없을 정도로 저렴했다. 어느 모로 보나 남쪽에게 유리했다.

북한에 경제적 압박을 가할수록 북한은 중국에 전적으로 의존할 수밖에 없었고, 북한의 지하자원을 수입한 중국은 막대한 이득을 챙겼다. 그만큼 북한에 대한 중국의 영향력은 강해지고 남한의 영향력은 약해졌다. 자칫하면 북한의 붕괴 후 북한의 후견 국가 역할을 해온 중국으로 북한이 편입될 수도 있었다. 붕괴 직후, 북핵과 생화학 무기를 두고 북한과 주변국들과의 긴장의 시간을 떠올리면 지금도 아찔하다. 대화와 지원 없이 억압에만 힘을 쏟은 결과 남쪽에 대한 반감으로 북쪽 지도층이 중국을 선택했다면 지금 상황에 이르기까지 어려움이 더 컸을 것이다.

통일 전 한국의 정권을 진보가 잡느냐 보수가 잡느냐에 따라 대북정책은 달라졌고, 그만큼 남북관계에 혼란만 가중시켰다. 모든 것을 둘로 나눈 이분법으로는 절대 해결책을 찾을 수 없다. 통일된 지 10년이 지났다. 아직도 둘로 분리된 이념은 여전하다. 맹목적인 것도 여전하다. 언젠가 통합되어 서로 만나게 되고 서로 다르지 않은 인간이란 것을 알게되면 적대감은 줄어들 것이다. 그렇게 되길 희망해 본다.

10장
금이 간 자리

토요일 아침 일찍부터 북쪽 아이들이 강철민의 집에 모여들었다. 선거 운동의 본격적인 시작으로 포스터 작업을 하기 위해서였다.

"아무리 그래도 박영민 없이 우리 마음대로 써도 되는 거니?"

포스터 문구를 놓고 이런저런 의견을 주고받던 중 리수연이 말했다.

"그래. 박영민의 생각을 넣어야 하는 거잖아."

포스터 그림을 맡아 작업하기로 한 김미진도 거들고 나섰다.

"그냥 이건 광고야. 박영민을 그냥 자랑하고 띄우면 되는 거라고."

강철민의 말에 아이들은 멀뚱히 보기만 했다. 그러자 최대철이 강철민의 말에 맞장구쳤다.

"그래, 서재원 포스터를 봐라. 그 아새끼가 진짜 그리 잘나서 그런 말을 썼겠니? 우리도 박영민을 띄우면 되는 거야. 서재원보다 더 훌륭하게 보일 말들로. 그리고 박영민 생각은 알 필요도 없이 좋은 생각인 거야."

"박영민은 오늘 아예 못 오니?"

"아니, 늦게라도 온다고 그랬어. 할머니 뵈러 간다고……."

아이는 머리를 긁적이며 말끝을 흐렸다. 이 분위기에 도움이 되지도 않을 말을 한 것을 늦게 깨달은 탓이었다. 지금 선거에 온 정신을 쏟아도 모자랄 판에 한가하게 할머니를 만나러 간다는 얘기를 좋게 받아들일 아이는 없을 것이다.

"할머니를 꼭 지금 만나야하니?"

"걔는 속도 참 편하다."

여기저기서 여자애들의 볼멘소리가 터져나왔다. 남자아이들도 사내답지 못하단 말을 듣기 싫어 아무 말도 꺼내지 않고 있지만 같은 마음이었다.

"멘토 요청하러 간 일은 잘됐니?"

리수연의 말에 강철민이 고개를 끄덕였다. 리수연은 더 자세한 얘기를 기다렸지만 강철민은 덧붙이는 설명 한마디 없이 그것으로 끝이었다.

"그렇게 해준다고 하셨니?"

"그래."

"어떻게 됐는지 좀 자세히 말해봐라."

"아, 잘 됐다고!"

여자아이들이 부추기자 강철민은 신경질을 부렸다. 가뜩이나 박영민 때문에 심기가 불편하던 차에 사사건건 묻고 따지려 드는 바람에 그런 마음이 표출되고 말았다. 순간 여자아이들 얼굴이 굳어졌다. 리수연 역시 강철민의 짜증이 고스란히 전달돼 기분이 상했다. 방안은 잠시 고요했다.

"자자, 이러지 말고 다시 시작하자. 이런다고 없는 박영민이 나타날 리도 없다. 우리는 우리의 조국을 위해 열심히 일할 뿐이다!"

최대철이 분위기를 바꾸려 일부러 꾸민 활기찬 소리가 공허하게 울렸다.

그때였다. 방문이 열렸고 박영민이 들어왔다.

아이들이 휘둥그레진 눈으로 박영민을 올려다보았다. 박영민은 굳은 표정으로 아이들에게 말 한마디 없이 자리에 앉았다.

박영민 역시 아침부터 서둘러 통일시로 오는 바람에 몸도 정신도 피곤한 상태였다. 하지만 무엇보다 강철민의 제멋대로인 행동이 불쾌했다. 어제 늦은 밤 평양에서 선생님과 얘기를 나누던 중 강철민의 문자로 오늘 모임을 알게 된 것이었다. 강철민은 무슨 일을 정하기 전에 아이들과는 물론이고 박영민에게도 묻지 않고 멋대로 정해 통고하기 일쑤였다.

평양시에서 3시간 떨어진 곳에 사는 할머니를 만나는 일은 취소할 수밖에 없었다. 아이들이 모두 자신이 나갈 선거를 위해 휴일에 모였다는데 본인이 빠져서는 안 될 일이었다. 통일시로 온 뒤 한 번도 만나지 못한 할머니가 실망하시는 목소리에 마음이 더욱 아렸다.

"진짜로 왔네, 잘 왔다! 자, 영민이가 왔으니까 어서 시작하자."

"어디 억지로 끌려 나온 사람처럼 표정은 왜 그러니?"

한 여자아이가 한마디 했지만 박영민은 시선을 바닥에 둔 채 아무 말도 하지 않았다. 아이들은 주섬주섬 종이와 연필을 들고 누군가 이 어색함을 없애 주길 바랐다.

"난 영민이한테 듣고 싶은 얘기가 있어."

말을 꺼낸 아이는 리수연이었다. 리수연에게로 향하는 강철민의 눈길이 매서웠다.

"너 정말 회장 하고 싶은 마음이 있는 거니? 그게 정말 궁금하다."

"맞아. 지금까지 난 영민이가 하고 싶어 한다는 걸 제대로 느낀 적 없어."

"그래, 후보가 열성을 보이지 않는데 우리라고 흥이 나겠니? 이번에 속 시원하게 한번 털어내 보라."

김미진의 말에 이어 여자아이들이 그동안 쌓였던 말들을 쏟아냈다.

모두의 시선이 박영민에게로 향했지만 박영민은 딴생각에 빠진 사람처럼 표정 변화 없이 아무 대꾸도 하지 않았다.

박영민은 이런 이야기가 나오게 된 것은 자기의 잘못이 크다고 생각했다. 아이들이 느낀 대로 본인이 회장이 되는 일에 큰 관심이나 열의가 없다는 것도 인정한다. 그러나 그건 어제까지의 일이었다. 지난밤 도덕 선생님과 얘기를 나누면서 앞으로 자기가 해야할 일이 좀 더 선명하게 그려졌다. 이런 마음을 겉으로 드러내는일이 어색하고 자기를 다그치는 듯한 말투에 얘길 꺼내고 싶지 않아 입을 꾹 다물었다. 그러자 잠자코 있던 강철민이 나섰다.

"인제 와서 그런 질문이 무슨 소용 있어? 한번 하기로 했으면 죽이 되든 밥이 되든 그냥 가는 거야."

리수연이 강철민을 똑바로 바라보며 말했다.

"우린 너한테 질문한 게 아니야. 지금까지 영민이 생각을 한 번도 제대로 들어본 적이 없으니까 하는 얘기야. 어떤 회장이 될 것이고, 회장이 된다면 이 학교와 우리를 위해 어떻게 이끌어 갈 것인지그런 얘기도 아직 없었어. 무엇보다 영민이 마음이 어떤지 궁금해."

박영민은 차분히 생각을 정리했다. 아이들과 리수연의 시선을느끼며 간단하게라도 자기 생각을 밝히려 입을 떼려는데 최대철이 큰 소리를 내며 말했다.

"영민이 마음이 뭐 그리 중요해? 회장이 되면 당연히 우릴 위해일할 텐데. 그리고 이번 일은 우리와 북조선 명예를 걸고 하는 일이야. 조국을 위해 해야 할 일이 그거라면 개인의 사사로운 마음이어떻든 열성을 다하는 거야!"

최대철의 격양된 목소리에 방안의 술렁임이 잦아드는가 싶더니리수연의 날카로운 목소리가 이어졌다.

"그래, 조국을 위해 더 열성적인 회장이 필요해서 하는 말이야. 박영민이 싫다면 우리 중 다른 후보가 나설 수도 있는 거야. 회장은 무엇보다 개인이 아닌 우리 모두를 생각해야 하는데 내가 보기에 박영민은 하고 싶은 마음이 없어!"

"그래, 서재원을 좀 보라! 서재원은……."

그때 짜증스런 마음을 가까스로 누르고 있던 강철민이 큰 소리를 냈다.

"그만하라!"

리수연과 최대철, 그리고 아이들 모두 깜짝 놀라 강철민을 쳐다보았다. 강철민은 씩씩거리며 이 사태를 얼른 수습해야겠다는 생각뿐이었다. 급한 불을 끄기 위해 잠시 시간이 필요했다.

"이 일은 잠깐 우리 남자들끼리 얘기하고 오겠어."

"뭐? 남자들끼리?"

김미진이 팔짱을 끼며 말했다. 아무리 강철민과 특별한 사이라 해도 말이 안 되는 상황을 그냥 넘길 수 없었다.

"남자들끼리 뭘 하겠단 말이니?"

"여자들 좀 조용히 하라!"

최대철의 호통에 방안이 조용해졌지만 여자애들의 곱지 않은 시선이 최대철에게로 향했다. 최대철은 그런 애들에게 눈을 부라렸다.

"이 일이 남자들끼리 해결하고 결정할 일이라고? 잘 들어라, 여자도 똑같이 한 표를 행사할 수 있는 유권자야. 우리를 빼고 너희들끼리 알아서 하겠다고?"

강철민과 최대철이 리수연을 노려보았다. 리수연은 그 눈빛에서 너무도 깊은 적대감이 느껴져 숨이 탁 막혔다.

그때 최대철의 휴대폰이 울렸다. 무슨 일인지 전화를 받은 최대철이 잔뜩 흥분해서 희번덕거리는 눈으로 말했다.

"야, 큰일 났다! 싸움이 났어! 북과 남으로 패싸움이야!"

"어디서?"

"운동장!"

당황한 아이들은 어찌할 바를 몰라하다 일제히 방을 뛰쳐나갔다.

* * *

남조선의 문화를 받아들여야 하는 입장에서 보면 이해할 수 없는 것들이 한둘이 아니다. 그중 가장 큰 불만이 금연구역이었다. 통일시 역시 체계가 잡혀가면서 금연구역이 하루가 멀다 하고 빠르게 넓어지고 있다. 특히 남쪽 사람들과 함께 거주하고 있는 아파트에서 담배 한 대 피우는 일이 여간 눈치가 보이는 게 아니다. 애연가인 강철민의 아빠가 유일하게 숨 돌릴 수 있는 곳은 본인의 일터인 농장이었다.

집에서 자전거로 5분이면 오는 거리에 있는 밭에는 다양한 농작물이 무럭무럭 자라고 있었다. 파, 고추, 콩들이 쑥쑥 자라는 모습을 보는 것만으로도 모든 근심, 걱정이 날아갔다. 특히 무릎 높이만큼 자란 옥수숫대에 대한 기대가 크다. 모든 농부들이 그렇듯 철민 아빠가 두려워하는 것은 딱 하나, 하늘뿐이었다.

담배 한 대를 꺼내 물었을 때, 리수연의 아빠가 자전거를 끌고 입구로 들어왔다.

"이 시간에 여긴 웬일이야?"

"휴무라 나왔습니다."

수연의 아빠는 쉬는 날이면 가끔 철민 아빠와 술 한 잔씩 하는 사이였다.

"여기 올 때만 해도 언제 봄이 오나 했는데, 벌써 여름입니다."

철민 아빠가 고개를 끄덕이며 담배 한 개비를 내밀었다. 둘은 밭을 바라보며 담배를 입에 물었다.

"역시 담배는 우리 조선 거가 최곱니다."

남조선의 담배는 너무 연해 북조선 사람들 입맛에 맞지 않았다. 꼭 남조선 남자를 닮았다는 생각이 들었다.

"내가 먼저 여기다 조선 상점을 내는 거였는데."

철민 아빠의 말에 수연 아빠가 너털웃음을 터뜨렸다. 통일시에 단 한 곳뿐인 북조선 상점은 늘 사람들로 북적이고 이 도시의 어느 상점보다도 호황이었다.

"난 열 살 때부터 통일이 되길 바랐다고. 통일이 어렵겠구나 싶었을 땐 어떻게든 남조선에 가고 싶었는데, 가면 나도 남조선 사람들처럼 잘 살게 될 줄 알았지."

"그거야, 우리 북조선 사람들 모두가 그랬죠. 통일되면 우리도 남
조선 사람들처럼 잘살 줄 알았지. 이렇게 될 줄 누가 알았겠습니까?"

통일에 대한 기대와 바람이 컸던 북쪽 사람들의 실망과 상실감
은 너무도 빨리 다가왔다.

독일의 통일이 많은 비용을 치르고 혼란스러움을 겪은 가장 큰
원인은 동독과 서독의 화폐의 가치를 동일하게 개혁한 데 있었다.
사회주의 국가였던 동독의 경우 생산성이 떨어짐에도 임금이 서
독과 별 차이가 나지 않자, 동독에 투자하는 기업이 없었다. 또 통
일 후 바로 이주의 자유를 허용하자 서독으로 몰려든 동독사람들
로 서독은 혼란, 그 자체였다.

통일한국은 이주를 막고 화폐 개혁을 이루지 않아 큰 혼란은 막
았지만, 그만큼 북쪽 사람들의 불만이 커졌고, 북쪽의 값싼 땅은
남쪽의 기업과 민간인의 차지가 되었다. 결국 북쪽 사람들에게 남
은 것은 빈손뿐이었다. 북쪽 사람들이 할 수 있는 것은 대부분 남
조선의 투자자들이 세우는 건물을 짓는 노동일이었다.

남조선 사람들 눈에는 어떻게 보일지 모르지만 북조선은 하루
가 다르게 변하고 있다. 남쪽 체제에 그대로 편입되어야 하는 북
쪽 사람들은 제2의 국민으로 전락할 수밖에 없었고 북쪽땅에서도
마찬가지였다.

두 사람은 각자의 생각에 잠겼고, 더 독한 담배가 절실했다.

11장
어떤 회의

　월요일 아침, 주말에 있었던 폭력사건에 대한 긴급회의가 교장실에서 열렸다. 1학년 담임을 맡은 세 명의 교사와 교감이 함께 자리했다.

　교장은 잠시 앞에 놓인 찻잔을 바라보았다. 머릿속이 복잡했다. 처음 보고 받았을 때부터 이런 일은 일어날 수 없는 일이라 생각했고 교장의 생각은 거기서 좀처럼 나아가지 않았다. 교감이 회의를 제안했을 때는 당연히 거절했지만, 아이들이 다쳤고 일이 커지기 전에 수습해야 한다는 말에 어쩔 수 없이 수락했다.

　남북통합 학교에서 남과 북으로 나뉘어 패싸움이 났다는 건 치명적인 일이다. 통일과 통합에 대해 모범이 되어야 할 이 학교에선 절대 있어선 안 될 일이다. 이런 교장의 마음을 잘 헤아리고 있는 교감이 먼저 말을 꺼냈다.

"무엇보다 중요한 건 아이들의 상태인데, 모두 연락을 받아 알고 계시겠지만 생각만큼 심하지 않아 참으로 다행입니다. 더 연락받은 사항 없으세요?"

"네, 없었습니다."

김승일, 김지성, 한진희 선생은 모두 시선을 아래에 둔 채 더는 말이 없었다.

"오늘 아이들은 등교할 수 있나요?"

"네. 한 아이만 입원 중이고 대부분 타박상 정도라고 합니다. 입원한 아이도 크게 다친 건 아니고요. 마침 학교에 선생님들이 계셔서 그나마 그 정도에서 끝날 수 있었던 것 같습니다."

선생 몇이 배드민턴을 마치고 체육관에서 나오다 아이들이 운동장에서 엉겨 싸우는 모습을 발견했다. 그대로 달려가 아이들을 뜯어말리지 않았다면 더 큰 사고가 날 뻔했다. 싸움의 시작은 뻔했다. 교문에서 남쪽과 북쪽 아이 둘이 어깨를 부딪친 것이었다. 농구를 하러 온 남쪽 아이 넷과 편의점으로 음료수를 사러 가던 북쪽 아이 하나가 누가 먼저 어깨를 쳤네, 아니네 하며 시비가 붙었다. 남쪽 아이들은 수적으로 월등히 우위에 있었기에 코웃음 치며 여유를 부릴 수 있는 상황이었다. 하지만 반전이 있었다. 운동장을 이미 차지하고 축구를 하고 있던 북쪽 아이들이 소리를 듣고 우르르 몰려나온 것이다. 남쪽 아이들은 자기들보다 배가 넘는 수를 보고 기가 죽었지만 갑자기 꼬리를 내리기엔 자존심이 허락하지 않았고 좀 더 뻗대다가 눈앞에 불이 번쩍 일고 말았다. 그동안 남쪽 아이들에 대한 불만이 쌓여 있었고 새로운 생활 방식에 스트레스를 받아 온 북쪽 아이들은 이게 웬 넝쿨째 굴러 들어온 호박인가 싶었던 것이다.

아이들은 바로 귀가 시켰지만 테너 박은 이 일이 학교 폭력이라며 적극적으로 나섰다. 나머지 교사들 모두 주말이라는 점을 들어 말렸지만 테너 박은 굴하지 않았고, 학교 폭력 사건이 늘 그렇듯 피해자가 있는 한 묻고 넘어갈 수 있는 일도 아니었다.

사실 교사들도 언젠가는 이런 일이 터질 거라 예상했던 터라 크게 당황스럽거나 하지는 않았다. 특히 선거운동이 시작되면서 양쪽 아이들 사이에 팽팽한 긴장감이 감도는 상황을 여러 차례 목격하기도 했었다.

교장은 늘 실실거리는 테너 박의 얼굴이 떠올라 입이 썼다. 학생을 병원으로 데려가 학부모까지 만났다는 테너 박이 잘 설득시키고 구슬리기만 했어도 일이 이렇게 커지지 않았을지도 모른다. 하지만 돌아가는 상황과 평소 테너 박의 태도로 보아 제대로 대처하지 못한 것이 분명했다. 교장은 평소 특별히 좋은 일이 있는 것도 아닌데 늘 웃는 얼굴인 테너 박이 이상하게 꼴 보기 싫었다. 그런데 하는 짓도 별반 다르지 않았다. 교장은 차 한 모금으로 입안을 천천히 헹구었다.

"그런데 문제는 입원한 아이 부모가 제대로 처리하지 않으면 교육부에 올리겠다고 합니다. 오늘 진단서를 떼 오겠다고 했습니다."

김승일 선생의 반 아이였다. 남쪽 아이의 부모는 자기 아들이 북쪽 아이들에게 맞았다며 더욱 분노했다. 그 목소리가 아직도 귓전에 올리는 것처럼 선명하게 떠올랐다. 북쪽 아이들에 대한 적대감이 전화 통화 내내 이어졌고 쉽게 가라앉을 것 같지 않아 듣는 동안 마음이 착잡했다.

"신고? 참!"

교장은 기가 막혀 더 말이 나오지 않았다.

요즘 부모들은 무슨 일만 터지면 교육부에 신고하겠다는 협박을 밥 먹듯이 한다. 꼭 그런 학부형들이 자기 자식 귀한 줄만 알지 남의 자식에겐 무자비하다. 이런 일을 한두 번 겪은 게 아닌 교장도 교육부 얘기에 신경 쓰이는 건 사실이지만 그 길도 학부모 입장에서 쉬운 일은 아니다. 일단 잘 설득해서 마음을 진정시키고 흡족할 만한 조처를 하겠다고 해도 안 되면 그땐 교장도 전쟁을 선포할 수밖에 없다. 그러면 학부모에게는 선택의 여지가 없어진다. 학교와 전쟁을 치르든 전쟁 끝에 전학을 가든 둘 중에 하나로 어느 쪽도 결국 학부모와 아이에게 좋을 일은 없다.

"그 학부모는 나와 면담할 수 있게 여기로 모시고 오세요. 그리고 우리 학교에선 그 어떤 폭력 사건도 벌어진 적이 없습니다."

교사들과 교감이 눈을 동그랗게 뜨고 교장을 보았다.

"폭력사건은 우리 학교에서 있을 수 없는 일이기 때문입니다."

"그래도 교장 선생님, 이번 기회를 통해 아이들에게 폭력이나 인권에 대해 제대로 교육을 해야 한다고 생각합니다. 특히 서로 너무 다른 아이들이 만난 곳이 우리 학교이고, 또 말보다는 행동이 앞서기 마련인 청소년기엔 폭력 예방 교육이 시급하다고 봅니다. 아이들은 의외로 폭력이 얼마나 큰 잘못인지 모르고 저지르는 경우가 많고요."

한진희 선생의 말에 교장의 심기가 더욱 불편해졌다. 평소에도 듣기 싫던 높은 음역대에다 자기 주장을 피력하려는 열성까지 더해져 교장의 귀를 사정없이 찌르고 있었다.

"아이들은 싸우면서 크는 겁니다. 우리도 다 그렇게 싸우면서 컸어요. 폭력이니 인권이니 그런 거 없이도 우리 다 반듯하게 자랐습니다. 큰일도 아닌데……."

교장의 말에 한진희 선생은 할 말을 잃었다. 이런 학교에서 미래의 민주시민을 교육한다는 게 허황한 일처럼 느껴졌다.

하지만 인권마저 무시당해서는 안 될 일이다. 그 누구도 남의 몸에 함부로 손을 대거나 폭력을 행사하는 일은 있을 수 없다. 생각보다 많은 사람들이 인권에 대해 잘 알지 못하고 있었다. 그러니 본인의 인권이 침해당하고 있어도 모르고, 남의 인권을 침해하고 있어도 모르는 것이었다. 특히 요즘 아이들은 교사들의 체벌 문제에는 인권이니 뭐니 하며 민감하게 굴면서 정작 본인들이 선생의 인권을 짓밟고 있었다.

"제 생각은 이번 폭력 사건도 그렇고……."

교장은 한진희 선생의 찌를 듯한 날카로운 목소리를 듣고 있는데 한계를 느꼈다. 계속 있다간 체면이고 뭐고 이성을 잃고 폭발해 버릴 것 같아 한진희 선생의 말을 자르지 않을 수 없었다.

"폭력 사건이라는 말은 좀 그렇습니다. 서로 다른 사상을 가지고 자라온 아이들이 의견 충돌을 일으키고 그 와중에 좀 흥분해서 상황이 거칠어진 걸 가지고…… 사건의 이면을 보세요. 이건 인권이니 폭력이니, 그런 게 아니라 사상의 문제예요. 이번 선거 일로 그게 분출된 것뿐입니다. 선거만 끝나면 이런 일도 없을 거예요. 앞으로 통일 교육을 더 강화하고 서로를 이해할 수 있는 교육 프로그램을 보완하면 됩니다."

모두 입을 다문 채 아무 말도 하지 않았다. 교감만 교장의 말이 맞다는 뜻으로 연신 고개를 끄덕였다.

"이 일의 해결을 위해 당장 필요한 것은 멘토입니다. 전에 북쪽 아이들이 멘토를 요청했을 때 바로 선생님들이 나서서 도움을 주었다면 이런 일도 생기지 않았을 겁니다. 모두 선거 때문에 예민해져 있는데, 도움도 받을 수 없는 막막한 상황이라고 생각해 보세요. 그런 일을 부추긴 건 각자 맡은 일을 게을리 하는 선생님들의 책임도 없지 않습니다. 모두 이번 선거에 관심을 두고 온 힘을 쏟아 주세요. 지금 아이들 사이에 리더가 없다는 것도 문제예요.

그러니 이렇게 혼란스러운 겁니다."

학기 초만 되면 서열 싸움이 벌어지는 정글 같은 남자애들의 생활을 곱게만 자라온 여선생은 모른다. 그건 야만이 아니라 본능이다. 그게 없으면 죽은 목숨이나 다를 게 없다. 아무리 개화시키고 교육한다고 해도 인간은 동물일 뿐이다. 이런 걸 이해시키려 몇 마디 했다간 징그럽고 세련되지 못한 미개인 취급만 당할 게 뻔하다.

"잘 알겠습니다, 교장 선생님. 이 이야기는 여기서 마무리 짓죠."

교감이 서둘러 마무리를 지었다.

하지만 유독 꼿꼿하게 굳은 자세로 앉아있는 한진희 선생이 교장의 눈에 거슬렸다. 이렇게까지 말하는데도 알아듣지 못하고 고집을 부리는 모습이 철없어 보일 뿐이었다.

이런 자리에 있으면 몇 차례의 회의만 해도 교사들의 됨됨이가 파악된다. 한진희 선쟁은 초기부터 마음에 들지 않았다.

"한 선생님 말도 일리가 있고 이해합니다. 인권은 존중받아야죠. 하지만 우리 때는 그런 거 없어도 잘만 컸어요. 우리 남자들 크면서 주먹 싸움 한 번 안 해본 사람 있습니까? 다 그렇게 커도 이렇게 훌륭하게 국가를 위해 자기 할 일 열심히 하고 있습니다. 한 선생 눈에 우리가 범죄자로 보입니까, 깡패로 보입니까?"

한진희 선생은 교장의 말이 상당히 불쾌했지만 아무 대꾸도 하지 않았다. 말이 통해야 무슨 대화 같은 걸 기대하고 대꾸라도 할 마음이 드는 것이다. 누가 봐도 학교의 오점이 될 기록을 남기고 싶지 않아서 저런 말도 안 되는 얘기를 떠벌리고 있는 것을 모른 다고 생각하는 것인지, 아니면 알면서도 그러는 것인지, 어느 쪽이 든 답답하기는 마찬가지다. 주먹 싸움 같은 걸 아무것도 아닌 거 로 여기는 문화가 폭력을 허용하고 폭력사회를 만든다는 건 코흘 리개도 다 아는 사실이다. 교장이 떨떠름한 표정으로 계속 말을 이어나갔다.

"잘못을 따지고 처벌하는 것만이 능사가 아니지요. 처벌 후 아 이들은 졸업할 때까지 많은 날들을 이곳에서 함께 지내야 하는데, 그런 식으로 일을 처리하면 안 되는 거예요. 그 후의 문제를 더 크 게 만드는 꼴이 되는 겁니다. 갈등의 원인을 분석하고 해소 방안 을 찾아 조정하는 일이 우리 교사들이 해야 할 일입니다."

"맞죠, 교장 선생님 말씀이 맞습니다."

교감의 말에 교장의 마음이 좀 누그러졌다.

"좀 더 넉넉한 마음으로, 아이들의 실수도 넉넉한 마음으로 품 을 수 있어야 진정한 교육자라고 생각합니다. 그럼, 가서 일들 보 세요."

* * *

교장은 유일한 취미인 난을 조심히 닦았다. 그런데도 평소처럼 마음이 진정되지 않았다. 아무리 요즘 사람들이 자기밖에 모른다 해도 교육자라면 미래의 일꾼인 아이들을 가르친다는 사명감은 기본으로 가지고 있어야 한다. 하지만 요즘 젊은 교사들을 볼 때마다 매번 실망하기 일쑤다.

오늘 한진희 선생의 떨떠름한 표정과 자기를 꽉 막힌 늙은이 보는 듯한 눈빛이 심히 거슬렸다. 요즘 교사들은 예전처럼 고분고분하지 않다. 요즘 애들이 어른을 알기 우습게 안다고 불만을 터뜨리지만 교장이 보기에 요즘 교사들에게도 해당하는 말이다.

이 정도의 연륜이면 한 가지 행동만 봐도 그 사람의 성품이나 앞날이 보이기 마련이고, 그런 이유로 이런저런 도움이 될 만한 얘기를 해주면 그걸 감사히 여기기는커녕 뒷방 늙은이 잔소리로 취급하기 마련이다. 세대 차이의 답답함은 젊은 세대만 겪은 것은 아니다. 보수적이고 구닥다리의 케케묵은 얘기가 아닌 몇십 년의 생을 통해 쌓아온 경험으로 터득한 지혜인 것이다. 교장 역시 젊은 시절이 있었고 무조건적으로 기득권을 못마땅해한 적 있었다. 그렇기에 어느 정도 이해는 간다. 이래 봐도 대학 시절 정권을 향해 화염병 좀 던져본 몸이다. 하지만 교장은 거기까지였다. 민주화를 외치던 일부는 노동운동이니 사회개혁이니 하며 북한과 주체사상을 찬양하기에 이르렀다. 남한 사회를 전복하고 북한 사회를 만들겠다는 꿈을 가진 사람들이지만 그들이 북한에 대해 알고 있는 것이 무엇일까?

흔히 진보 지식층이란 사람들은 북한과 대화로 통일을 이루어야 한다고 주야장천 주장해 왔다. 하지만 진보 정권이 북한과 활발한 대화를 하던 중에도 북한은 잠수함을 침투시키고 억울한 젊은이들의 목숨을 앗아갔다. 이런데도 대화가 통한다고 생각하는 것일까?

1990년대 중반 북한의 수십만의 주민들이 굶어 죽는 동안에도 김정일 일가의 사치 행각은 계속되었고, 몇억씩 하는 김정일 동상을 곳곳에 세웠다. 김일성 사망 이후 시신을 안치하는 시설에 든 돈만 8억9천만 달러였다. 이 돈이면 북한의 전 주민이 3년간 먹을 수 있는 옥수수를 공급할 수 있었다.

이런 사실을 알면서도 남한의 북한에 대한 지원은 계속되었다. 인권을 들먹이며 북한 주민의 생명을 살려야 한다고 하지만 그 돈은 주민이 아니라 핵무기를 만드는 데 쓰일 뿐이었다. 인권을 위해서라지만 세계에서 북한만큼 인권이 유린되는 곳도 없다. 자유를 억압하고 굶주림을 방치하는 것도 모자라 온갖 고문에 공개 사형까지 집행했다. 그런 북한과 대화가 가능하단 말인가?

결국 독재 정치는 남쪽에서도 북쪽에서도 무너질 수밖에 없었다. 이젠 모두 지난 일이다. 시간이 흐르면 모든 것을 알게 될 것이다.

12장
북쪽 소녀의 도전

리수연은 부모님이 일하는 호텔 건너편에서 엄마를 기다렸다. 오늘은 아빠가 야간 근무이고 엄마는 남쪽에 있는 야간대학에 가는 날이라 밖에서 만나 밥을 먹기로 했다. 리수연의 엄마는 북쪽에서도 대학을 졸업했지만, 통일시 주민이라 가능한 남쪽 대학에 입학하여 자신의 꿈을 이루는 중이다.

호텔의 침구 빨래와 정리만으로도 엄마는 녹초가 되었고 어떤 날은 손목과 다리가 욱신거려 밤새 잠을 이루지 못하고 뒤척이기도 했다. 그러면서도 일주일에 이틀은 꼭 남쪽에 있는 대학에 가야 했는데 단 한 번도 결석한 적이 없었다. 아무리 딸이라고 해도 그런 엄마를 독하다고 생각할 수밖에 없었다. 그래도 통일시로 와서 일과 학업을 동시에 하는 엄마에게선 그 어느 때보다도 활기가 느껴졌다.

리수연은 길 건너에 있는 엄마를 발견하고 손을 흔들었다. 엄마
는 언제나처럼 환하게 웃고 있었다.

"많이 기다렸니?"

"아니요."

둘은 통일시의 시외버스터미널로 향했다. 가끔 그 근처에 있는
강철민네 식당에서 식사하곤 했지만 오늘은 그곳에 가고 싶지 않
았다. 혹시 강철민과 마주칠지도 모를 일이었다.

"오늘 우리 다른 곳에서 먹어요."

"왜 그러니?"

"그냥 다른 음식점도 있는데 꼭 거기서 먹으란 법 있어요?"

퉁명스런 딸의 말투에서 그 집 아들 철민이와 무슨 일이 있다는
것을 짐작할 수 있었다.

"학교에서 무슨 일 있었니?"

"일은 무슨 일."

수연 엄마에게 철민 엄마는 친언니처럼 챙겨주는 정 많은 사람
이었다. 북에서 통일시로 온 사람들 몇을 모아 자리를 만들어 주
었고 어려운 일이 있으면 자기에게 말하라는 인심 좋고 통 큰 여
성이었다. 강철민 역시 엄마를 닮아 서글서글하니 성격 좋아 보였
는데 수연이와 무슨 일이 있었던 것인지 궁금했다.

버스터미널 근처 돈가스집에 자리를 잡고 앉자마자 리수연은

물을 벌컥벌컥 들이켰다.

"이제 철민이랑은 상종도 하고 싶지 않아요. 강철민은 자기가 무슨 간부라도 되는 것처럼 나서서……."

리수연은 지난 주말 강철민의 집에서 있었던 일들을 모두 털어놓았다.

수연 엄마가 통일시에 와서 놀란 건 남쪽 남자들의 모습이었다. 북쪽 남자들보다 상당히 부드럽고 다정했다. 거기다 햇볕을 쐰 적이 없는지 얼굴도 흰 것이 여자인 자기가 봐도 참 곱다는 생각이 들었다. 또 남쪽 남편들이 집안일을 거들어 준다는 얘기는 믿기지 않을 만큼 북쪽에서는 상상도 할 수 없는 일이었다. 그러니 남편을 비롯하여 북쪽 남자들과 비교가 되는 것은 어쩔 수 없었다. 북쪽 남자아이들은 어려도 북쪽 사내였다.

"그래서 이제 어떡할 거니?"

리수연은 입을 비죽 내민 채 턱을 괴고 있었다.

"자칫하면 투표를 안 할 수도 있어요. 앞으로도 우리 여자들을 무시하면 작당을 해서라도 강철민과 최대철 속을 뒤집어 놓고 말겠어요."

이곳 호텔에서 함께 일하며 지내는 남쪽 남자들이 북쪽 여자들을 보고 하는 말이 모두 하나같았다. 초기에 순종적일 것으로만 알고 있던 남자들은 그녀들과 몇 마디만 나누면 당황하기 일쑤였다. 나중에 들으면 북쪽 여자들의 직설적이고 당돌한 말에 놀라고, 하나같이 모두 달변가라 놀랐다고 한다. 무슨 말이든 당황하지 않고 할 말 다하는 북쪽 여자들에게 기가 죽는 남쪽 남자들도 많았다.

"화해하고 힘을 모아야지 그러면 쓰니?"

리수연은 부루퉁해서 아무 대꾸도 하지 않았다.

엄마는 딸이 불평불만만 늘어놓는 것이 내심 실망스럽고 못마땅했다. 후보 등록 때부터 하루가 멀다고 투덜거리기만 했다.

"무슨 좋은 방법 없을까?"

그녀가 남편과 뜻을 모아 이곳으로 온 것은 모두 딸을 위해서였다. 통일이 되면서 자기 딸은 꼭 남쪽에서 꿈을 맘껏 펼치길 바라왔다. 평양에 있는 남한식 교육을 하는 초등학교에 입학시킨 것도 그래서였다. 시험을 치르고 제비뽑기를 통과하며 힘들게 들어간 곳이었다. 자기는 출신 성분이 나빠 바라던 대학에 들어갈 수 없었지만 딸에게는 새로운 세상이 열렸다.

"그럼 네가 한번 후보로 나가보지 그러니?"

"네에?"

리수연 눈이 휘둥그레졌다.

"어머니도 어렸을 때 반장한 적이 있다. 그때 얼마나 재미났는지 몰라."

"그래도 이건 반장이 아니라 회장이에요."

"너 꼭 여자를 무시하는 남자애들하고 똑같은 소리를 하는구나."

리수연 얼굴이 금세 새초롬해졌다.

"그건 아니에요."

"내가 보기엔 너도 충분히 잘할 수 있을 거 같은데? 그런데 그렇게 불평만 하는 모습을 보니 답답하구나. 먼저 솔선수범을 보이면 되지 않겠니? 누구보다 열심히 하는 게 중요하지 다른 건 중요한 게 아니지 않겠니?"

리수연은 엄마의 말에 수긍이 갔다. 하지만 단박에 결심하기에는 자신이 없었고, 또 그리 간단한 문제가 아니라고 생각했다.

"반장이 되면 얼마나 좋은데. 나 어렸을 때 반장하면서 선생님과 동무들과 더욱 친하게 지낼 수 있어서 참 좋았어. 학교에 안 나온 동무네 집에 갔다 해가 질 때까지 그곳에 간 까닭은 까맣게 잊고 놀다 오곤 했다. 또 방학 땐 형편이 좋은 동무네 집에 가서 밥도 해 먹고 선생님 댁에 놀러 가기도 했고 살림이 어려운 선생님을 위해 아이들과 옥수수나 밀가루를 걷어 도와준 일도 있었지."

옛 추억을 떠올리는 엄마 얼굴은 행복해 보였다. 하지만 엄마가 들려주는 얘기는 이 고등학교와는 전혀 다른 상황의 학교 이야기였다. 엄마의 어린 시절이 행복했다는 것은 알겠지만 리수연에게 도움이 되지는 않았다.

요즘 리수연은 이곳이 아닌 북쪽에서 학교에 다녔다면 어땠을까 하고 생각해 보는 일이 잦아졌다. 비록 북쪽 아이들보다 앞서 간다는 기분은 들지 않더라도 지금보다는 더 행복하지 않았을까 싶었다. 온전히 북쪽에서 어린 시절을 보낸 엄마처럼 말이다. 모르긴 해도 지금처럼 남자아이들과 갈등이 일어나고 매일 투덜거리며 살지는 않았을 것 같다.

이 통일한국 제1고등학교를 졸업하면 남쪽에 있는 대학에 진학할 기회가 주어진다. 북쪽 아이들이 가질 수 없는 기회지만 남쪽 아이들과 공정하게 경쟁을 해야 하기에 혜택이라고 여길 수는 없었다. 엄마처럼 남쪽에서 대학을 다니면 행복할 수 있을까? 지금처럼 하루하루가 시끄럽고 마음에 들지 않게 되는 건 아닌지 조금 걱정되기 시작했다. 그건 리수연만이 아닌 친구들의 공통된 걱정이기도 하다.

엄마는 서울로 가는 버스에 올라 리수연에게 손을 흔들었다.

밤늦게까지 수업을 들어야 하는 엄마는 찜질방에서 잠을 자고 다시 호텔로 출근하기 위해 새벽 일찍 길을 나서야 한다. 그런 엄마에게 힘을 주기 위해 리수연은 힘차게 손을 흔들었다. 리수연의 과장된 행동을 본 엄마 얼굴에 잔잔한 미소가 번졌다.

집으로 오면서 내내 회장선거에 대한 생각에 잠겼던 리수연은 단짝 친구 김미진에게 문자를 보냈다.

―나 회장 선거에 나가면 찍어 줄 거니?

바로 답신이 왔다.

— 당연하지! 나쁜이겠니? 우리 여자들 표는 다 네 거다!

— 정말이지?

— 너 정말 선거에 나가겠다는 거니?

— 왜? 아닐 거 같니?

바로바로 돌아오던 답신이 뚝 멈췄다. 갑자기 휴대전화가 잠잠해진 이유는 뭘까? 김미진은 무슨 생각을 하고 있는 걸까? 순간 리수연은 생각이 많아졌다. 꼭 김미진이 마음에도 없는 소리를 하고 후회하고 있는 것이 아닐까 싶은 생각도 들었다. 어쩌면 장난으로 받아들이고 한 소리였을지도 모른다. 더는 기다릴 수 없어 먼저 연락해 볼까 하는데 휴대전화가 울렸다.

"너 진짜니? 정말 회장 선거에 나가겠다는 거니?"

"아니, 아직 결정한 건 아니고 궁금해서 물어봤어."

"아니, 너 정말 나가라. 그거 정말 좋은 생각이다!"

김미진의 목소리가 흥분되어 있었다. 리수연의 심장도 두근거리기 시작했다.

* * *

흔들리는 버스가 통일시를 막 벗어나자마자 수연 엄마는 꾸벅꾸벅 졸기 시작했다. 그러다 신기하게도 꼭 서울에 도착할 즈음

잠이 깬다. 몇 달 전부터 서울을 계속 봐왔지만 이제야 점점 익숙해져서 눈에 들어오는 풍경이 많아졌다. 한국 드라마에서 본 모습과 별반 다르지 않은 이 화려한 도시는 수연 엄마에게 많은 자극이 되었고 마음속에 묻혀있던 꿈이 실현되는 무대가 되었다. 호텔경영학과에서 공부하는 그녀는 지금 일하는 곳에서 경험을 차곡차곡 쌓아 언젠가는 높은 자리에 올라가는 것이 목표이다.

학창시절 그 누구보다 열심히 잠을 줄이고 밤을 새워가며 대학입시를 준비했지만 원하던 김일성종합대학에는 갈 수 없었다. 친척 중 남한 출신 군인이 있었기 때문이었다. 그런 친척의 존재도 대학 입시를 통해 알게 되었다. 자기보다 훨씬 성적이 떨어지는 친구가 그 대학에 들어가는 것을 보면서 한동안 밥을 먹을 수 없을 만큼 상심했던 때가 있었다. 그때는 나라를 탓하기 보단 출신 성분을 탓했다. 북쪽에 있을 땐 다른 북조선 사람들처럼 북조선이란 나라와 그 밖의 세계에 대해 무지했다. 중국 외에 다른 나라가 있다는 것도 모르는 사람이 있을 정도였다.

통일이 되고 나서 시험을 준비하듯 남한에 대해 공부했다. 남한과 관련된 책은 그것이 낚시에 관한 것이든 요리에 관한 것이든 눈에 띄는 대로 모조리 구해 읽었다. 남쪽은 출신 성분으로 차별받는 곳이 아니었다. 하지만 서울로 학교를 다니면서 북쪽 사람을 차별하는 시선을 직접 경험하게 되었다. 그래도 시간이 지나면 해결될 일이었다. 딸 수연이가 사회에 나갈 때쯤, 아니 늦어도 수연이의 자식이, 내 손주가 활동할 시기에는 그런 건 사라질 것이다.

"다 왔습니다. 통행증 꺼내세요."

사람들이 차례로 운전기사에게 통행증을 보여주고 확인받은 뒤 버스에서 내렸다. 통일시 거주자들에게 주어지는 남한 통행증이었다. 이게 없으면 남쪽에 들어갈 수 없다. 통일시 주민이라 해서 누구에게나 발급되는 것이 아니고 학업이나 연구와 같은 확실한 방문 목적이 있어야 했다.

통일 전 북조선에서도 통행증이라는 게 있었다. 통행증이 없으면 북조선 안에서도 돌아다닐 수 없었다. 그러나 당으로부터 통행증을 받는 일은 출신 성분이 나쁜 그녀에게는 하늘의 별 따기만큼이나 불가능한 일이었다. 하지만 남쪽에선 돈만 있으면 어디든 갈 수 있다. 또 복잡하긴 하지만 버스와 전철이 어디로든 연결되어 있다. 익숙해지기만 하면 참으로 살기 편한 곳이다.

통일되어 무엇보다 편해진 건 매일 하는 생활총화와 사상교육, 근로 노동을 하지 않아도 된다는 점이었다. 지금 일과 학업을 동시에 하기가 힘들다 해도 예전만큼 고되고 힘들지는 않다. 요즘 지난날들을 떠올려 보면 어떻게 그렇게 살아왔는지 신기할 정도로 까마득하게 오래된 일처럼 여겨졌다. 언젠가는 꿈처럼 여겨질 것 같다. 조금 전까지 피곤해 졸았던 엄마는 쌩쌩한 걸음으로 지하철과 연결된 통로로 향했다.

13장
멘토와의 만남

북쪽 후보의 멘토가 된 김지성 선생은 시간을 확인한 뒤 교실 안 아이들을 찬찬히 둘러보았다. 까무잡잡한 얼굴에 눈이 유난히 반짝이는 아이들은 숨을 죽이고 김지성 선생을 뚫어지라 보고 있었다. 김지성 선생은 그런 눈길을 피해 시선을 창밖으로 옮겼다. 아직 아이들이 다 모일 때까지 좀 더 기다려야 했다.

창밖 하늘은 구름 한 점 없이 맑았다. 조금 전까지 금방이라도 비가 내릴 것처럼 어두컴컴하던 하늘이었다. 김지성 선생은 시시때때로 변하는 하늘이 꼭 요즘 자기 마음 같다고 생각했다. 아이들에게 무슨 얘기를 해줘야 할지, 아이들 앞에 서 있는 지금 이 순간까지도 갈피를 잡을 수 없었다. 단순히 선거에 대한 얘기만 형식적으로 하고 끝낼 것인가, 아니면 아이들을 위해 남조선에서 자기가 경험한 현실적인 얘기까지 들려주어야 할까. 그 둘을 구별하는 것 자체가 가능할까. 하지만 아이들이 자기에게 바라는 것이 무엇인지 누구보다도 잘 알고 있었다.

남조선에 처음 왔을 때 그런 조언과 도움을 줄 수 있는 사람을 그토록 간절히 원했던 사람이 김지성 선생, 본인이었다. 너무 어린 나이에 늘 쫓기며 살아야 했던 삶에서 오는 불안감과 뿌리를 잃어버린 공허감을 누가 이해할 수 있을까. 탈북 청소년들을 도와주는 남쪽 선생님들과의 갈등과 마찰도 있었다. 선의를 가지고 도움을 주고받는 관계였지만 서로를 이해하고 받아들이는 데에는 많은 어려움이 있었다. 이 아이들과는 출신이 같고 남조선에서 안정적인 삶을 살고 있는 인생의 선배로서 무엇이든 도움을 주고 조언을 해줘야 하는 의무가 있다는 생각도 들었다.

이 학교에 지원할 때까지는 그런 의무감의 실체를 느껴본 적이 없었다. 그리고 그는 무의식적으로 북쪽 아이들과 자기는 전혀 상관이 없다고 생각했는지도 모른다. 그동안 그가 그렇게 살아왔기 때문이었다. 남조선에 오고 얼마 동안의 방황 끝에 그는 철저하게 남조선 사람이 되어야 한다는 생각을 하게 되었다. 함께 지내던 또래 아이들에게서 떨어져 나와 거의 연락도 하지 않고 오래도록 그들을 피해왔다. 그는 자신이 뼛속까지 남조선 사람이 될 때까지 북조선 사람들을 만나지 않기로 결심했고 그렇게 살아왔다. 지금까지 그 선택에 대해 단 한 번도 후회해 본 적 없었다. 그런데 이 학교로 오고 담임을 맡으면서 자주 가슴 한 편이 묵직해지더니 얼마 전부터 명치끝에 날카로운 통증까지 느껴졌다.

교장의 자리까지 오르기 위해선 북쪽 출신 교사라는 불리한 조건을 극복해야 한다는 생각으로 이곳에 지원했었다. 하지만 문제는 북조선 출신이란 조건을 극복하기 위해 북조선 교사가 되어야 하는 이런 상황을 스스로 받아들이지 못한다는 데 있었다. 작고 검은 수십 개의 눈이 자기만을 뚫어져라 보고 있었다.

"이제 다 왔지?"

"네."

잠시 숨을 고르고 정신을 가다듬은 뒤 말했다.

"지금 너희 상황이 절대적으로 불리한 거 알고 있다. 아마 리수연의 선거 출마로 박영민이 얻을 표가 반 토막 나겠지."

반짝이던 아이들 눈빛이 흔들리기 시작했다.

"리수연과 무슨 일이 있었는지 모르겠지만 먼저 리수연을 설득해 보는 게 좋지 않을까?"

"……"

남자 아이 몇의 시선이 김미진에게로 향했다. 가장 친한 친구니까 설득해 보라는 뜻일까? 하지만 김미진은 그런 시선에 콧방귀라도 뀌고 싶었다.

"남쪽 아이들은 승리를 위해 후보 단일화를 한 마당에 이런 상황에까지 온 데에는 너희들 책임이 있는 거야. 그러니 리수연이 무엇이 불만인지 만나서 차분하게 얘기를 듣고 달래서 너희들도 후보를 단일화하는 게 좋겠는데…….”

아이들은 아무 말이 없었다.

“다른 방법은…… 리수연…….”

김지성 선생은 하려던 말을 그만두었다.

‘리수연과 공약을 비난하고 회장으로서의 자격이 부족하다는 점을 들어 여자아이들의 마음을 박영민에게로 되돌린다. 그러면 자연스럽게 리수연은 출마를 포기할 것이다.’라는 말을 자기 입으로 할 수 없었다.

“먼저, 박영민의 공약이 뭔지 궁금한데?”

아이들의 시선이 모두 박영민에게로 쏠렸다. 박영민이 자리에서 일어나 말했다.

“어제 곰곰이 생각해 봤습니다. 전 우리 북조선 아이들끼리 싸우고 적대시해서는 안 된다고 생각합니다. 북조선에서도 하지 않았던 일을 여기까지 와서 해서는 안된다 말입니다.”

아이들은 묵묵히 앞을 바라보고 있었다.

“아무리 남조선이 경쟁이 치열한 사회라고 하지만 우리는 화합으로 얼마든지 힘을 모아 뜻을 이룰 수 있다는 것을 보여주어야 한다고 생각합니다. 먼저 우리는…….”

박영민이 남자아이들을 둘러보며 말을 이었다.

“지난번에 있었던 일에 대해 비판하고 반성해야 합니다.”

"그래, 알겠다."

김지성 선생은 더 할 말이 있어 보이는 박영민의 말을 끊었다. 더 듣지 않아도 무슨 말을 하려는지 알기에는 충분했다.

"만약 리수연이 출마 포기를 하지 않고 끝까지 가겠다고 하면 어쩔 거지?"

박영민은 예상치 못한 질문을 받고 순간 당황했다.

"그, 그렇게 된다면……."

"아무리 리수연을 설득해도 소용없다면 어떡할 거냐?"

김지성 선생이 박영민을 뚫어져라 보았고 아이들의 시선도 모두 쏠렸다. 박영민은 자기를 보는 선생의 눈빛에서 혐오감을 느꼈고 순간, 그대로 몸이 뻣뻣하게 굳어버렸다.

"그럼 너희들 중 누가 대답해 봐. 리수연을 설득해도 소용이 없다면 무슨 수로 선거에서 이길 거지? 아니, 어떻게 하면 리수연을 끌어내릴 수 있을까? 좋은 생각 있는 사람?"

박영민이 자리에 앉고 교실은 잠잠했다. 이런 침묵이 계속 이어지자 김지성 선생은 다시 명치끝에서 옅은 통증을 느꼈다. 대답을 들을 수 있을 거란 생각으로 한 질문이 아니었지만 불쑥 감정이 올라 왔다.

남조선 사람들은 사회주의가 망하는 이유가 경쟁이 없기 때문이라고 했다. 사회주의 국가의 공장 생산량은 자본주의의 그것에 비해 확실히 떨어졌다. 사유재산을 인정하지 않고 누구나 고르게 분배받기 때문에 다른 사람보다 더 열심히 일할 이유가 없는 것이다. 오히려 일을 더 많이 하는 사람은 그렇지 못한 사람들의 빈축을 살 정도였다. 결국, 사회주의가 망한 이유는 인간이 이기적인 존재이기 때문이다. 인간은 공동이 아닌 내 것을 원하고 그것을 지키기 위해 열심히 노동하고 살아가게 마련이지만 사회주의는 그런 욕망에는 전혀 관심이 없었다.

또 경쟁에서 이기기 위해 더 싸고 좋은 상품을 만드는 과정에서 기술력과 상품의 질이 좋아지는 데 비해 경쟁 없는 사회주의 상품은 모든 면에서 질이 떨어지게 되는 것이다. 그렇게 되면 경쟁력에서 밀려나 도태되고 결국 붕괴하고 만다.

"이곳은 경쟁사회다. 경쟁에서 이기지 못하면 살아남지 못하지."

김지성 선생의 말에 아이들은 눈이 커지고 허리를 곧추세웠다.

"돈과 먹이는 한정되어 있어. 누구나 다 원하는 걸 가질 수는 없지. 너희들이 지금 갖고자 하는 회장 자리도 단 하나다. 좋은 것은 누구나 다 갖고 싶어 하는 거야. 그래서 그걸 갖고 싶어 하는 놈들과 경쟁해야 하는 거다. 북조선에서처럼 당이나 지도자가 누구 하나를 선택해서 회장을 하라고 정해주는 게 아니야. 이기지 않으면 그걸 가질 방법이 없다. 북조선에서야 시키는 대로 따르기만 하면 되지만 여기서는 아무도 너희에게 뭘 하라고 지시하지도 알려주지도 않아. 자기가 스스로 알아서 뭔가를 얻기 위해 노력하지 않으면 아무것도 얻을 수 없는 곳이 남조선이다."

김지성 선생은 헛기침하며 숨을 돌렸다. 내 것을 가지기 위해 남의 것을 뺏는 것을 추하다고만 비판할 수 없다고 생각한다. 이상하게도 내 것이 있을 때 남의 것을 인정하고 내 것이 소중하기에 남의 것도 소중하게 여기게 된다. 내 것도 네 것도 없다는 건 소중한 것도, 아끼고 지켜야 할 것도 없다는 뜻과 같다. 또 경쟁은 때로 삶의 원동력이 되기도 한다.

"북조선에서 살던 방식대로는 이곳에서 살 수 없어. 그건 앞으로 북조선도 마찬가지다. 통일한국 어디에서든 경쟁이 없는 곳은 없고, 그 누구도 경쟁에서 벗어나 살 수 없어. 그런 삶은 실패한 삶이고 죽음이나 마찬가지다. 죽지 않기 위해 북조선에서의 생활과 사고를 모두 버려야 한다. 북조선의 언어부터 버려라. 남조선 사람들이 너희를 이해하고 받아주지 않는다고 불평만 하고 노력하지 않으면 영원히 패배자로 남을 거다. 그런 나태한 생각은 하루빨리 버리고 뼛속까지 남조선 사람이 되어야 한다. 북조선의 것은 모두 지워버려라. 어차피…… 너희들의 조국은 이제 사라졌다."

아이들은 그대로 굳어버렸다. 김지성 선생은 열기를 띠던 아이들 눈빛이 한순간에 사그라지는 것을 느낄 수 있었다. 김지성 선생은 서둘러 교실을 빠져나갔다.

탕!

강철민이 책상을 주먹으로 내리친 소리였다. 아이들 사이에서 불만 섞인 말들이 터져 나왔다. 박영민 역시 시선을 바닥에 둔 채 그대로 꿈쩍도 하지 않았다. 강철민은 김지성 선생이 나간 교실 문을 뚫어지라 노려보았다.

* * *

철민네는 답답한 마음에 식당 문을 모두 열었다. 식당 앞 도로 건너에 새로 들어서는 건물이 한창 공사 중이었다. 통일시 곳곳은 이렇게 새 건물이 들어서고 있었다. 자동차 정비 기술을 가르치는 직업훈련소라고 하는데 계획대로 북쪽 사람들이 몰려들기만 하면 별걱정 없이 장사는 안정 궤도를 찾아갈 것으로 기대하고 있다. 처음 남한에 정착했을 때에 비하면 여유로운 환경이다.

남한에 들어와 하나원이란 곳에서 6개월 동안 사회적응 교육을 받았었다. 그런 뒤, 가족에게 주어진 임대아파트에 도착했을 때를 그녀는 생생하게 기억하고 있다. 지방의 소도시에 있는 낡은 아파트는 외부도 내부도 귀신이 나올 것처럼 허름했다. 얼마나 실망스러운지, 순간이었지만 태어나서 자기의 선택에 그렇게 후회를 한 적은 없었다. 북에 있을 때도 그곳보다는 나은 곳에 살았었다. 이곳에 오기 전부터 남한의 드라마와 영화를 접해왔고, 하나원에서도 보던 드라마 속 남한의 모습은 화려하기만 했다. 철민네의 기대를 뛰어넘는 것은 슈퍼마켓이란 상점에 꽉 들어찬 어마어마한 물건들이었다. 도대체 남조선은 이런 엄청난 물건들을 어떻게 다

만들어 내는지. 생전 처음 보는 엄청난 물건 앞에서 감탄과 두려움을 동시에 느꼈다. 그밖의 것들은 모두 기대에 미치지 못했고 한동안 우울한 나날들을 보내야 했다.

남편이 취직한 공장에서 받은 임금은 남한 사람과 차이가 있었다. 한국 국적을 갖고도 함께 일하는 외국인 노동자들과 같은 월급을 준 것이었다. 그것에 대해 항의하자 북한에서 이 정도는 많은 돈이 아니냐는 것이었다. 탈북자들은 남한에서 살아가야 할 한국 사람이었다. 그렇게 어처구니없는 차별은 그곳을 나와서도 계속 이어졌다.

탈북자 중 적지 않은 사람들이 이런 차별을 견디지 못하고 영국, 독일, 미국과 같은 제3국으로 가 난민 신청을 한다고 들었다. 다시 북한으로 돌아가는 사람들도 있었다. 마음이 너무 힘들었을 때는 철민네 역시 제3국으로 다시 떠나고 싶은 마음도 생겼었다.

결국 남편은 여러 직장을 전전하던 끝에 재취업을 포기했고 철민네가 나서야 했다. 차별이 있지만 북조선과 달리 이곳은 자기가 열심히 일한 만큼 돈을 벌 수 있는 곳이기도 했다. 다행히 남편은 통일시로 와서 마음이 편한 모양인지 얼굴이 많이 좋아졌다. 어느 가정이나 가장이 힘이 있어야 한다고 생각하는 철민네는 그것이 그나마 큰 위로가 되었다.

유일한 걱정거리는 아들이었다. 자기가 후보로 나가 경쟁을 벌이는 것도 아닌데 자기 일처럼 열을 올리고 있는 것이 마음에 들지 않았다. 매번 자기 일은 뒷전이고 실속 없이 남의 일에 발 벗고 나서는 꼴이 알차지 못한 것 같아 속상했다. 저런 정신 상태로 어떻게 살아갈 수 있을까. 이렇게 중요한 시기에 쓸데없는 데 정신이 팔려 한 살 한 살 나이만 먹어가는 아들의 앞날을 생각하면 자다가도 숨이 탁 막혀왔다. 남이든 북이든 통일이 된 마당에 그게 무슨 상관이란 말인가.

14장
두 소녀의 만남

리수연은 작은 카페에서 남보배를 기다리고 있었다. 시계를 보니 아직 약속 시각까지 10분이 남은 상황이었다. 할 얘기가 있으니 만나자고 한 쪽은 리수연이었다. 리수연은 오늘 용건에 대해 남보배가 어떤 반응을 보일지 몰라 조금 불안했다. 그런 마음을 진정시키려 주문해 놓은 주스를 홀짝였다.

며칠 전, 아이들에게 회장 후보 등록 사실을 알렸다. 남자아이들은 예상했던 대로 리수연에게서 바로 등을 돌렸다. 어제부터는 아예 리수연을 없는 사람 취급을 하기 시작했다. 이미 단단히 마음먹었던 터였지만 그런 적대감 속에서 학교생활을 하는 건 쉬운 일이 아니었다. 하지만 그럴수록 점점 더 어떻게든 이겨보고 싶은 오기가 생겼고 친구들이 많은 힘이 되어 주었다.

김미진을 통해 김지성 선생 얘기를 들었을 땐 정말 믿기지 않았다. 그날 밤 리수연은 부모님과 그 얘기를 나누다 자기도 모르게 울음이 터졌다. 엄마도 함께 울었다. 이제 조선민주주의인민공화국이라는 국가가 역사 속에서만 존재하게 된 건 엄연한 사실이었다. 아빠는 그 사실을 인정하고 받아들여야 한다고 했다. 하지만 리수연을 비롯한 많은 북조선 아이들은 그 사실을 인정할 수도 받아들일 수도 없었다. 모두 그저 혼란스럽고 슬플 뿐이었다.

"안녕!"

어느새 테이블로 다가온 남보배가 손을 흔들었다. 남보배의 밝은 얼굴에 마음이 놓이긴 했지만 둘이 마주 앉자 곧 어색해졌다.

"와줘서 고마워."

"네 연락 받고 깜짝 놀랐어. 왜 보자는 건지 궁금하기도 했고."

리수연은 잠시 뜸을 들이다 말했다.

"나 회장 선거에 후보로 등록했어."

남보배가 눈을 동그랗게 떴다.

"그랬구나!"

남보배가 앞에 놓인 아이스커피를 한 모금 마시며 리수연의 말을 기다렸다.

"후보로 나섰지만 선거를 어떻게 치러야 할지 전혀 모르겠어서 너한테 연락한 거야. 넌 경험도 많고 아는 것도 많으니까."

사실 리수연은 김지성 선생이 한 말들을 전해 듣고 기가 죽어버렸다. 자본주의니, 민주주의니, 선거니, 도대체 남조선에서는 뭘 어떻게 해야 한다는 건지 종잡을 수 없었다. 무조건 알아서 스스로 해야 한다니, 뭘 스스로 해야 하냐고 물으면 모든 것이라고만 했다. 그래서 남보배의 도움이 필요했다.

남보배가 아무 말 없이 고개만 끄덕이자 리수연은 무슨 얘기를 더 해야 할지 몰라 머뭇거렸다.

"그런데 내가 잘 아는 것도 아니야. 저번 단일화 선거에서도 떨어졌고……, 제대로 도움이 될지 모르겠다……."

남보배의 목소리가 작아진 것을 느낀 리수연은 불안해졌다.

한편 남보배는 리수연이 짐작할 수 없을 만큼 심경이 복잡해졌다. 남쪽 출신인 자기가 북쪽의 리수연을 돕는다는 것을 어떻게 생각해야 할까? 지금 남과 북으로 나뉘어 경쟁을 벌이고 있는 상황에서 북쪽을 돕는 일을 가벼이 여길 아이는 없을 것 같았다. 그래도 남쪽 후보는 여전히 한 명이고 북쪽 후보가 둘이니 엄연히 따지면 남과 북의 대결이라고 할 수도 없는 상황이다. 하지만 무엇보다 돕고 싶은 마음이 선뜻 생기지 않는 데에는 단일화 투표의 영향이 컸다. 남보배는 그 일로 한동안 선거의 '선'자도 생각하고 싶지 않았다.

"애들한테 얘기 들었어. 저번에 네 공약 중에 남과 북 아이들 짝을 만들어서 서로를 이해할 수 있도록 하자는 게 있었다며? 난 그 얘기 듣고 네가 참 멋지다고 생각했어. 사실 대부분 그런 거에 관심이 없잖아."

남보배가 고개를 끄덕였다.

"맞아, 그래서 표를 얻지 못했지."

남보배는 지난 며칠에 걸쳐 패배의 원인에 대해 답을 찾아왔다. 가장 큰 문제는 이 시대에 꺼내기도 민망한 남존여비 사상이었지만 분명 자기의 공약이 아이들의 관심사에서 먼 것도 패배에 일조한 것이란 결론에 이르렀다. 그리고 더욱 마음 아픈 건 남대성이 포기하지 않았어도 남보배는 패했을 것이라는 사실이었다.

"난 이 선거에서 지고 이기는 것보다 그런 마음을 전달하는 게 더 중요하다고 생각해. 그래서 출마하기로 마음먹은 거야."

말은 이렇게 했지만 이왕 출마하기로 한 거 출마에만 의의를 두는 것보다 어떻게든 이기고 싶은 마음이 커지는 게 사실이었다. 하지만 아이들에게 자기의 생각을 전달하고 싶은 마음 또한 진심이었다.

"얼마 전 일이 좀 있었는데, 남자애들이 여자애들을 빼놓고 무시하고 그런 게 난 싫었어. 다 함께 화합하고 힘을 합쳐야 하는 거 아니니? 그런데 여자라고 빠지라는 말은 정말 싫더라. 우리도 엄연히 투표권이 있는데 말이야. 그래서 보란 듯이 후보로 나선 거야. 박영민보다 표를 더 많이 받는 게 목표야."

남보배는 이제야 리수연의 마음과 이 상황이 이해가 되었다. 남녀차별 문제는 북쪽에만 있는 게 아니라고 말하고 싶었지만 그만두었다. 그래도 여전히 도와주겠다는 말이 선뜻 나오지 않았다. 잠시 둘 사이에 침묵이 흘렀다.

그러다 아무 말 없이 남보배의 말을 기다리는 리수연과 눈이 마주쳤을 때, 머릿속에서 '도와주자!'하는 소리가 울렸다. 찰나였지만 리수연의 눈빛에서 설명할 수 없는 강인한 힘이 느껴졌다. 그리고 동시에 간절함도 있었다. 지금 리수연에겐 남보배의 도움이 꼭 필요했다.

"그래, 좋아. 내가 도와줄 수 있는 일이 있으면 도와줄게."

리수연은 남보배의 말이 떨어지기 무섭게 아이처럼 좋아했다.

"와! 고마워!"

"하지만 한계는 있어……."

남보배의 쓸쓸한 표정에서 그것이 어떤 것인지 알 수 있었다. 리수연은 고개를 끄덕였다.

"그럼, 이런 콘셉트로 가면 어떨까? 남자들아, 여자를 무시하지 마라! 여자는 남자와 다를 뿐 열등한 존재가 아니다! 뭐, 이런 거?"

남보배의 말에 리수연이 손뼉을 쳤다.

"좋다! 그렇게 되면 여자아이들 표를 다 얻을 수 있지 않을까?"

"글쎄……."

남보배는 어두워진 얼굴을 보이지 않으려 시선을 창밖으로 돌렸다.

"갑자기 힘이 난다!"

리수연이 두 주먹을 불끈 쥐어 보였다.

"일단 여자가 회장이 된다면 어떤 장점이 있는지를 선전하고 밀고 나가야 할 거 같아. 그리고 내 생각엔 공약은 아이들에게 도움이 되고, 좋아할 만한 걸 걸어야 한다고 생각해. 저번에 서재원이 입시정보를 공유하겠다, 뭐 이런 걸 얘기했는데 솔직히 나도 솔깃하더라고."

"아아."

"내 공약이 실패한 이유를 생각해 보면…… 사실 남쪽 아이들은 입시 공부와 내신이 가장 큰 관심사야. 그러니까 남북통일이나 화합 같은 게 아니라서……."

"하지만 내가 말하고 싶은 건 화합이야. 난 이 학교 교훈이 정말 좋아. 차이와 다름을 인정하고 화합하자! 내가 진심으로 바라는 세상이야. 지금 우리 학교 아이들이 싸움이 난 것도 남자애들이 여자를 무시하는 것도 차이와 다름을 인정하지 않기 때문이잖아."

리수연의 단호한 말에 남보배는 맞는 말이라며 고개를 끄덕였다.

"하지만 회장 선거에 출마한 이상 당선되기 위해 노력해야지. 가능한 많은 표를 얻도록 말이야. 아이들이 두루두루 좋아하고 기대할 수 있는 공약이 필요해. 네 생각을 전달하는 게 아니라 우선 이기는 게 목표니까."

리수연이 뚱한 얼굴로 남보배를 쳐다보았다.

"난 입시 정보 공유 같은 건 못할 거 같아. 별로 하고 싶지도 않아."

리수연은 아무리 그래도 이기기 위해 마음에도 없는 말을 거짓으로 꾸미면서까지 아이들의 환심을 사고 싶지 않았다. 남보배의 말에 혼란스럽긴 했지만, 그건 절대 포기할 수도 양보할 수도 없는 자존심 같은 것이었다.

"그래, 그건 서재원 공약이니까 너랑 상관없어. 네가 할 수 있는 걸 공약으로 내세워야지. 그러면서 아이들도 원하는 걸 찾아내야 해."

"넌 그동안 어떻게 반장이 되고 회장이 될 수 있었니?"

리수연이 가장 궁금했던 부분이었다.

"난……."

남보배는 잠시 생각에 잠겼다. 특별한 비법 같은 게 떠오르지 않았다.

아이들은 남보배에게 대체로 호감을 가졌다. 공부도 잘했고 성격도 좋다는 얘길 많이 들었다. 반장으로 뽑히는 아이들은 대충 두 부류로 나뉘는 것 같았다. 공부를 잘하고 사교적이거나 아니면 공부에서 밀려도 리더십이 있고 재미있어서 아이들에게 인기가 많거나. 하지만 가끔 성격이 모나도 공부 잘하고 엄마들의 치맛바람이 센 아이들이 되기도 했다. 남보배가 보기에 서재원이 딱 그런 경우인 것 같았다. 이런 얘기를 들은 리수연이 낙심한 얼굴로 말했다.

"그럼 공약 같은 거 별로 필요 없는 거 아니니?"

리수연 말에 남보배는 정신이 번쩍 들었다.

"아니야! 결국 아이들의 마음을 얻는 게 이기는 거야. 생각해 보니까 내가 실패한 것도 아이들의 마음을 읽지 못해서였어. 이제 우리는 어린애들이 아니니까 공약으로 아이들의 마음을 끌어야 하고 그렇게만 된다면 충분히 승산이 있다고 봐!"

남보배는 이 대화를 통해 미처 깨닫지 못했던 부분을 알게 되었다. 리수연과 남보배가 서로를 보며 조용히 웃었다.

* * *

피시방에서 게임을 하던 강철민은 엄마의 전화를 받으러 밖으로 나왔다.

"너 어디서 뭐 하네?"

"집에 가는 길."

잠시 주변 소리를 확인하려는지 엄마는 아무 말이 없었다.

"또 피시방인가 게임방인가 그런 데 있는 거 내가 모를 줄 아니? 당장 오라! 지금 배달 밀리고 난리도 아니네!"

"공부하라면서? 나 지금 공부하러 집에 갈 건데?"

"어서 오라! 안 오기만 해 보라!"

엄마는 휴대 전화를 끊어버렸다.

강철민은 이제 가봐야 한다는 말을 하려 친구에게 갔다. 친구는 한창 축구 게임에 열을 올리느라 강철민에게 눈길도 주지 않았다.

"넌 이거 질리지도 않냐?"

"축구가 질리는 게 어디 있네?"

친구는 입을 헤 벌린 채 자판에 올려놓은 손가락을 재빠르게 움직였다. 선수들의 유니폼을 보니 북과 남이 붙은 경기였다. 강철민 역시 말은 그렇게 했지만 축구 게임에서 눈을 뗄 수 없었다.

"저기, 저기 막아야지! 아, 참나! 발이 그렇게 느리냐!"

"아, 자판이!"

친구는 안타까워하며 자리에서 벌떡 일어섰다. 그때 강철민에게 좋은 생각이 떠올랐다. 서재원의 코를 납작하게 해 줄 방법이었다. 축구다! 지난 패싸움에 대해 서로 풀자는 의미로 친선축구 경기를 하자고 제안하는 것이다. 강철민의 입꼬리가 실룩거렸다.

15장
친선 축구 경기

　다음 날, 일찍 점심을 먹은 강철민과 최대철 그리고 북쪽 남자 아이들 몇이 식당 앞에서 서재원 패거리들을 기다렸다. 아이들은 서로 눈빛을 교환하며 히죽거렸다. 그들 무리 속에 박영민은 굳은 얼굴로 어색하게 쭈뼛거리며 서 있었다.

　강철민은 어젯밤 북쪽 남자아이들에게 오늘의 계획에 대해 문자를 돌렸다. 남쪽 아이들과 화해를 할 겸 친선 축구대회를 하자는 것이었다. 표면상 친선이라고 했지만 그 속내는 따로 있었다. 운동에는 심각할 정도로 신경이 둔한 서재원을 망신주기 위한 꼼수였다.

　김지성 선생의 말을 듣고 강철민은 여러 가지로 복잡한 심경이었다. 그렇게 복잡한 이유는 그의 말이 틀린 것이 아니기 때문이었다. 그래서 더욱 화가 나고 분통이 터졌다. 그날부터 강철민은 리수연을 설득할 것이 아니라 서재원을 깎아내릴 방법을 궁리했다. 리수연을 설득하는 일은 자존심이 허락하지 않았다.

강철민이 아이들에게 말했다.

"지금 문자 돌려. 북남 친선 축구대회가 열리니 운동장으로 모이라고."

"호호호……."

아이들이 모두 휴대폰을 꺼내 버튼을 누르기 시작했다.

북쪽 남자아이들 모두 남자 자존심이 있지 리수연에게 숙이고 들어갈 마음이 전혀 없었고 상대를 정한다면 여자가 아닌 서재원이었다. 아이들은 점심시간 전에 이미 머리를 맞대고 서재원의 약을 올릴 방법에 대해 의견을 나누고 온 터였다. 되도록 많은 아이가 서재원의 모습을 보게 만드는 게 중요했다.

"저기, 나온다."

서재원과 아이들이 막 식당을 나오고 있었다. 북쪽 아이들이 다가서자 서재원과 아이들은 그들을 경계하며 주춤거렸다.

"서재원!"

강철민이 서재원에게 손을 내밀었다.

"우리 화해하자!"

악수를 청하는 강철민을 본 서재원은 휘둥그레진 눈으로 주변의 아이들을 살펴보았다.

"지난번 싸움이 있었던 거, 사과하는 거야. 다친 애들한테 우리가 정식으로 사과할게. 그리고 이건 앞으로 선거를 정정당당하게 잘 해보자는 뜻이기도 해. 왜 싫어?"

서재원이 좀 더 머뭇거리다 손을 내밀어 악수에 응했다. 강철민은 하얀 이를 드러내며 시원하게 웃었다.

"리수연이 후보로 나섰더라? 화해는 리수연과 해야 하는 거 아니야?"

"뭐…… 그렇지……."

강철민이 떨떠름하게 대답했다.

"우리 표가 쪼개지면서 너만 좋게 됐다?"

"뭐, 유리해진 건 사실이지……."

"그래도 우리는 끝까지 해볼 테니까 너무 우습게 생각하지 마. 결과에 상관없이 정정당당하게 끝내는 게 우리 목표야."

아무 대꾸도 하지 않는 서재원 얼굴에 웃음기가 감돌았다. 한쪽 입꼬리만 실룩거리는 비웃음이었다.

리수연의 출마 소식을 들은 서재원은 기쁘면서도 황당하기도 했다. 리수연이라는 이름도 처음 들었기에 더욱 그러했다. 리수연은 그야말로 혜성처럼 등장한 서재원의 아군이었다. 서재원 역시 박영민이 끝까지 완주하길 바란다고 말하고 싶은 걸 꾹 참았다.

"그래, 목표 꼭 이루기 바란다."

그때 서재원 옆에서 문자를 확인하던 아이가 놀란 얼굴로 강철민과 서재원을 보았다.

"뭐야? 남북 친선 축구대회를 한다고?"

"뭐라고?"

"지금 문자가 왔는데 남북 친선 축구대회를 한다고 운동장으로 모이라는데?"

강철민이 당황한 서재원과 아이들에게 여유있는 웃음으로 달래듯 부드럽게 말했다.

"아, 그거 내가 하자고 한 거야. 우리 화해를 기념할 겸, 친선을 위해서 축구를 하자는 뜻으로. 뛰고 나면 개운해지잖아. 쌓인 감정은 풀어야지."

서재원 얼굴이 딱딱하게 굳어졌다.

"지금 이 상황에서 남과 북으로 나뉘어 경기를 치르는 게 친선이 된다고 생각해?"

"아, 난 그렇게 말한 적 없어. 그냥 축구경기하자고 했을 뿐이야. 북과 남으로 갈라서 하잔 말은 없었는데 그게 그렇게 와전이 됐네."

서재원과 아이들이 서로를 쳐다보았다.

식당에서 아이들 몇이 뛰쳐나오며 끼어들었다.

"뭐야? 축구한다고? 와우!"

"남북 친선이라며? 누구누구 뛰는데?"

강철민이 기다렸다는 듯 대답해주었다.

"서재원이랑 나, 두 팀으로 나뉘고 그 자리에서 팀원 뽑을 거야.

북남으로 나뉘는 게 아니라 섞어서 뽑을 거야. 그리고 지는 팀이 전교생 아이스크림 쏘는 거 어때?"

"이야, 재밌겠다!"

두 아이는 강철민의 말에 얼싸안으며 좋아했다.

강철민이 서재원을 보며 말했다.

"북남으로 나뉘는 게 아니라 섞어서 하는 게 좋겠지? 그게 더 유리하겠지?"

강철민의 말엔 남쪽의 실력이 못하다는 뜻이 담겨있었다. 학기 초에 한 경기에서 북쪽이 너무도 쉽게 이겨버린 일이 있었다. 서재원과 아이들의 신경을 건드리는 말이었지만 누구도 내색하지 않았다.

"일단 운동장으로 가자."

서재원이 나서자 남쪽과 북쪽 아이들 모두 운동장으로 향했다.

이렇게 전교생에게 전달된 이상 거절하면 비겁해 보일 뿐이었다. 서재원 혼자 자기 이름을 걸고 뛰는 게 아니기에 결국 승부의 결과가 어떻든 큰 손해는 없을 듯했다. 지더라도 자기의 선거는 이미 이긴 게임인 이상 그 정도는 여유 있게 받아들이자고 생각하니 마음이 편해졌다.

운동장에는 이미 소식을 듣고 아이들 몇이 기다리고 있었다. 운동장 중앙에 강철민과 서재원이 마주보고 서고 그 뒤로 아이들이 두 패로 나뉘어 섰다. 아이들이 하나둘 운동장으로 몰려들었다.

결국 편은 남과 북으로 나누어 하기로 했다. 강철민이 계속 남쪽 아이들에게 거슬리는 말로 자존심을 긁어댔고, 서로 쓰는 축구용어가 달라 불편했기 때문이었다.

남측의 골키퍼는 북측에서 문지기라고 불렸으며, '패스'를 '연락', '헤딩'을 '머리 받기', '슛'은 '차넣기'였다. 북측은 오래전부터 외국의 물건이나 문화를 받아들이지 않고 우리 것을 지키고 사랑하자는 뜻으로 외국어까지 허용하지 않았고, 모두 순우리말로 고쳐 쓰고 있었다. 영어만이 아니라 한자 역시 한글로 풀어서 사용했다. '홍수'를 '큰물', '동물화'는 '짐승 그림'으로 다듬으면서 한자어가 대부분인 남쪽의 언어와는 서로 소통하는 데 어려울 정도로 크게 달라졌다. 하지만 단순히 용어 때문만은 아니었다. 서로의 표정과 몸짓을 읽는 데에도 서로 서툴렀다. 소통은 언어만의 문제가 아니었다.

시간이 흐르면서 여자아이들도 모여들어 전교생이 경기를 관람하게 됐다. 요즘 분위기 탓인지 축구에 관심이 없던 여자아이들도 마음을 졸이며 경기가 시작되기를 기다렸다. 그 중엔 리수연도 있었다. 옆에 있던 김미진이 말했다.

"쟤들 무슨 꿍꿍이로 저러는 거지?"

리수연도 알 수 없는 일이었다. 문자는 불과 몇 분 전에 왔다. 북과 남으로 나누어 남자아이들이 친선경기를 한다고 하는데, 양쪽이 친해져서 뭘 어쩌겠다는 것인지 영문은 모르지만 무슨 속내가 있는 게 분명해 보였다.

갑자기 나타난 테너 박이 호루라기를 불며 경기가 시작되었다.

먼저 공을 가진 쪽은 남쪽이었다. 아이들은 각자 맡은 역할에 따라 움직이기 시작했다. 축구공은 서재원에게 갔지만 헛발질을 하였고, 제대로 공을 차도 중간에서 북쪽이 공을 가로채 가기 일쑤였다. 서재원 주변에는 서재원을 수비하는 두세 명의 아이들이 바짝 붙어 감싸고 있었다. 서재원에게 철벽 수비는 과한 것이었다.

서재원의 실수가 이어지자 남쪽 아이들이 하나둘 안타까워하는 모습이 역력히 드러났다. 강철민은 그런 모습에 웃음이 나오는 걸 꾹 참았다. 북쪽 대표인 박영민의 실력을 평하자면 평균을 밑돌았지만 그렇다고 완전 구멍은 아니었다. 북쪽 아이들은 박영민에게 결정적인 공을 주지 않았다. 공을 넘기더라도 바로 옆에 있는 아이가 짧게 패스를 하면 다시 박영민이 그 아이에게 공을 넘겨주는 식으로 경기에 미치는 영향은 적었지만 공을 차는 모습을 보여줄 수 있었다.

"골!"

북쪽의 한 아이가 골을 넣고 그 자리에서 껑충 뛰어올랐다.

"와아아!"

북쪽 여자아이들이 기뻐하며 손뼉을 쳤다. 지난 일은 한순간에 모두 잊어버리고 그 순간만큼은 골을 넣은 것에 진심으로 기뻐했다. 김미진과 리수연도 내심 기뻤다. 남자아이들도 좋아서 주먹을 불끈 쥐었다. 남쪽 아이들은 뜨거운 태양 때문인지 실망감 때문인지 잔뜩 인상을 쓰고 있었다.

북쪽의 선전 때문인지 갑자기 경기가 격렬해지기 시작했다. 서재원이 북쪽 아이들 몸을 밀치고 소리를 질렀고 급기야 주먹으로 치기 시작했다. 그건 북쪽 아이들의 전략이기도 했다. 아이들은 서재원 주변에서 놀리며 약을 올렸다. 서재원이 패스를 잘못한 아이에게 "야, 거기로 차면 어떡해!" 하고 소리치면 "너는 헛발질이나 하지 마라!"며 약을 올렸다. 서재원의 화는 북쪽 아이들에게만 향한 것이 아니라 남쪽 아이들에게까지 향해서 팀 분위기는 점점 험악해져 갔다. 남쪽 아이들 사이에서 서로를 원망하는 짜증 섞인 말들이 오가기 시작했다. 서재원과 북쪽 아이들 사이에선 점점 몸을 밀치고 팔과 옷을 잡아당기는 몸싸움이 심해졌다. 그러다 사고가 터지고 말았다.

"아악!"

서재원을 수비하던 북쪽 아이가 얼굴을 손으로 감싸고 주저앉았다. 관전하던 아이들의 시선도 모두 그쪽으로 쏠렸다. 북쪽 아이가 얼굴에서 손을 떼자 여자아이들 입에서 외마디 신음이 터져 나왔다. 아이의 코와 입주변이 피로 얼룩져 있었다.

삐익-

심판을 보던 체육 선생이 호루라기를 불어 경기를 중단시키고 아이에게로 달려갔다.

"괜찮아?"

경기하던 아이들도 몰려들었다.

"코피가 터진 모양인데?"

체육 선생의 말에 북쪽 아이들이 항의하기 시작했다.

"서재원 퇴장이에요."

"퇴장입니다! 반칙입니다!"

서재원은 무리와 떨어진 곳에서 화를 식히느라 씩씩대고 있었다.

* * *

서재원은 밤늦도록 고심한 끝에 교장을 찾아가 얘기해 보기로 했다. 어제 일로 분하여 잠을 설칠 정도였다. 축구시합에서 망친 이미지를 만회하기 위해선 1분 1초가 급했다. 서재원은 축구경기로 아이들의 호감을 잃은 것이 피부로 느껴질 정도였다. 특히 여자아이들의 실망감이 큰 것 같았다.

어리숙하게 북쪽 아이들의 계략에 말려든 것이 한탄스럽지만 지금은 문제를 해결하기 위해 움직여야 할 때다. 아이들의 실망감을 본인의 장점으로 끌어올릴 수밖에 달리 방법이 없다. 망가진 이미지가 굳혀지기 전에 서둘러야 했다.

교장실 앞에서 서재원은 숨을 크게 들이마셨다. 교장이 자기의 제안을 수락해주길 바라며 문을 두드렸다. 안에서 아무 소리도 들리지 않자, 다시 더 세게 두드렸다.

"네."

안쪽에서 희미하게 교장의 목소리가 들렸다.

서재원은 안으로 들어가 책상에서 사무를 보던 교장에서 꾸벅 인사를 했다. 서재원을 본 교장은 손에 든 펜을 내려놓았다.

"서재원? 무슨 일이지?"

"드릴 말씀이 있어서요."

교장은 건너 벽에 붙은 시계를 보았다.

"얘기가 긴가?"

"아니요. 금방 끝납니다."

"그래, 해봐."

"저, 이제 회장 선거일이 얼마 남지 않았는데 후보들의 연설이 있어야 하지 않을까 해서요. 각자 이런저런 선거 활동을 하고 있지만 선거 전에 후보들의 공약이나 얘기를 한자리에서 듣고 비교해 볼 수 있다면 아이들에게도 좋은 것 같고요."

교장이 서재원의 말에 피식 웃었다.

"선거 전에 연설을 하겠다……. 좋은 생각이야."

서재원은 연설을 통해서 잃어버린 카리스마를 회복하고 싶었다. 더 늦기전에 강한 한 방을 날려야 한다.

"오늘이 12일이니까……."

교장이 밝은 얼굴로 고개를 끄덕였다.

"그럼, 서두르는 게 좋겠네. 선거 이주 전에는 치러야겠지. 바로 김지성 선생한테 말해 보지."

서재원은 바로 자리에서 일어나 90도로 허리를 숙여 인사했다.

"감사합니다!"

서재원이 나가고 난 뒤 교장의 얼굴에 야릇한 웃음이 번졌다. 그러고는 바로 전화 버튼을 눌렀다.

16장
남쪽 소년의 반격

며칠 뒤, 서재원은 자신의 바람대로 학교 강당 단상 위에 오르게 되었다. 여유 만만한 웃음을 짓고 있는 서재원과 달리 박영민과 리수연은 조금 긴장한 듯 얼굴에 별다른 표정이 없었다. 셋은 후보 등록순으로 앉아 연설할 차례를 기다리고 있었다.

서재원은 무대나 단상에 올라 사람들 앞에서 말하는 일에 전혀 부담을 느끼지 않았다. 초등학교 3학년 때부터 커뮤니케이션 학원에 다니면서 훈련받은 덕이었다. 그곳은 주로 전문 스피치 강사가 초등학생을 대상으로 반장 선거를 지도하는 곳으로 그곳에서 교육받은 아이 중 90%가 당선된다고 했다.

서재원에게 후보 연설은 결정적인 기회가 될 것이다. 다른 후보들에 비해 월등히 능숙하게 연설할 자신이 있고, 상대적으로 다른 후보들의 호감을 떨어뜨릴 수 있을 것이다. 지난 축구시합에서의 모욕감을 앙갚음하고 실추된 이미지를 끌어올릴 유일한 기회로, 당연히 적극적으로 만들어야 할 자리였다. 무엇보다 북쪽 아이들의 표심을 흔들 카드를 가지고 있다.

기호 1번인 서재원이 연설을 하러 단상에 올랐다. 웅성거리던 강당 안이 순식간에 조용해졌다. 아이들의 시선과 관심이 집중되는 것을 느낀 서재원은 살짝 설레기까지 했다.

"안녕하십니까! 기호 1번 서, 재, 원입니다."

서재원이 큰소리로 외쳤다.

"통일한국 제1고등학교 첫 입학생으로 첫 회장 선거의 후보로 이 자리에 선 것을 영광스럽게 생각하며 여러분의 소중한 한 표를 얻고자 나왔습니다. 여러 선생님과 학우 앞에서 오늘 저는 제가 학생회장으로서 반드시 지켜야 할 몇 가지를 약속드리겠습니다. 먼저 저는 이 자리를 준비하면서 통일 고등학교의 역사적 의의와 우리가 나아가야 할 방향에 대해 고민해 보았습니다. 우리에겐 일반 고등학교에 다니는 또래의 고등학생들이 가질 수 없는 책임과 의무가 있고, 저는 그것을 자랑스럽게 생각합니다."

서재원의 목소리는 크고 당당했다. 아이들에게 향하는 시선 역시 여유 있게 처리하며 자연스러운 모습을 보여주었다. 누구 하나 서재원에게서 시선을 떼 딴짓을 하거나 옆의 친구와 얘기를 나누지 않았다. 모두 제대로 집중하고 있었다. 서재원의 목소리가 크기 때문이기도 했지만 발음 역시 명확하고 좋아 귀에 쏙쏙 들어왔다.

교장은 마치 자랑스러운 자식을 보는 듯 흐뭇한 눈빛으로 서재원을 바라보았다. 다른 선생님들 역시 '저 녀석 제법이네!'하는 표정이었다.

"이 학교의 설립 목표는 남과 북의 진정한 통합입니다. 그러므로 회장이 된다면 남과 북의 진정한 통합을 위해 힘써야 합니다. 그래서 저는 남쪽과 북쪽 친구들 한 명씩 짝을 지어 서로 소통하고 이해할 수 있는 기회를 만들고자 합니다."

순간 남보배는 자기가 잘못 들은 것이 아닌가 싶었다. 저 공약은 후보 단일화 투표 때 자기가 아이들 앞에서 말한 내용이었기 때문이다. 분명히 그날 서재원의 공약에는 저 내용이 없었다. 남보배는 서재원의 잔머리에 혀를 찼다. 더 이상 서재원의 얘기가 귀에 들어오지 않았다.

"그리고 학교는 학생들의 자유를 충분히 보장해 주어야 합니다. 2학기부터 시작된다는 야간 자율학습은 강제학습이지 자율학습이 절대 아닙니다. 이곳은 독재가 이루어지는 북한이 아닙니다. 학생의 자유로운 선택에 따라 이루어지는 자율학습이 아니라면 안 됩니다. 강제로 모두 똑같이 같은 시간에 같은 장소에서 공부를 해야 한다는 것은 자유를 억압하고 통제하는 독재정권 북한과 무엇이 다르겠습니까! 이곳은 자유가 있는 자유민주주의 국가 통일한국입니다!"

서재원은 마지막 말과 함께 주먹을 불끈 쥐어 보였다.

"워어어어!"

"옳소!"

여기저기서 환호하는 소리가 나왔다. 교사들은 그런 모습을 재미있다는 듯 보며 웃었다. 하지만 북쪽 아이들의 반응은 달랐다. 강철민의 단짝 최대철은 주먹을 꽉 쥐고 코를 벌렁거리며 당장에라도 달려가 서재원에게 주먹을 날려버릴 기세였다.

"저 새끼! 두고 보라."

이번 후보 연설이 열린다는 것을 들은 후부터 김승일 선생은 서재원을 대하는 마음이 불편해졌다. 서재원이 멘토인 자기가 아니라 교장에게 연설 제안을 했다는 점부터 마음에 들지 않았다. 서재원은 단 한 번도 선거 기간 동안 자기를 찾아와 도움을 청한 적이 없었다. 물론 그 점은 김승일 선생도 이해는 갔다. 선거에 대해서라면 서재원이 더 잘 알고 있을 테고 굳이 여러 업무에 시달리는 자기를 찾아와 귀찮게 굴지 않으니 자기 관점에서는 오히려 잘된 일이었다. 하지만 자기를 두고 교장을 찾아가 연설 제안을 했다는 것은 김승일 선생을 완전히 무시하는 행동이었다.

저 자율학습 폐지 공약도 거슬린다. 학기 초부터 말이 많았던 자율학습은 형편이 어려운 아이들을 위한 배려이자 사교육을 막기 위한 방침으로 진행할 예정이다.

서울과 한 시간 거리인 통일시로 과외 선생들이 출입한다는 소문이 들리면서 이곳까지 사교육이 침투했다는 사실에 씁쓸해했었다. 그렇지 않아도 주말이면 남쪽 아이들 대부분은 서울로 가 학원에 다녔다. 그건 이미 이곳 초등학교에서 벌어진 일로 입시를 앞둔 고등학생에겐 당연한 일이었고 이미 예상했던 일이다. 하지만 서울 물정에 어두운 북쪽 아이들에게는 공정하지 못하고 상대적 박탈감을 줄 수 있는 일이다. 거기다 형편이 어려운 아이들은 주로 북쪽 아이들이었다. 이곳에도 입시학원이 하나둘 들어서고 있지만, 지원금이라는 게 형편이 없고 이곳에서도 북쪽 사람들은 임금 차별을 받았다. 대부분 계약직이고 남쪽 시스템을 배우는 수습 기간이라는 이유로 남쪽 사람과 임금 차이가 크게 났다.

굳이 자유를 들먹이면서 자율학습 폐지를 공약으로 내세운 서재원의 속내는 자유롭게 사교육을 받겠다는 말이었고, 그걸 원하는 남쪽 아이들의 표를 얻을 수 있는 공약이었다. 또 강제로 학교에 있기 싫은 아이들에겐 무조건적인 지지를 받을 수 있을 것이다. 그 뒤로도 자기 입장과 비슷한 남쪽 아이들의 입맛에 맞춘 입시에 유리한 공약들이 줄줄이 이어졌다. 김승일 선생은 갑자기 피로가 몰려오는 것을 느꼈다.

"하지만 여러분! 이 통일한국 제1고등학교의 전교 회장이 제가 되어야 하는 결정적인 이유가 있습니다!"

순간 강당 안이 조용해졌고, 서재원은 짐짓 심각한 표정으로 말을 이어나갔다.

"기호 2번 박영민의 할아버지가 북한 정부의 지도층이었다는 사실 알고 계십니까?"

강당이 술렁였다. 놀란 아이들의 시선이 모두 박영민에게로 향했다. 아이들뿐만 아니라 교장과 선생들도 놀라기는 마찬가지였다. 하지만 그중 가장 당혹스러운 사람은 역시 박영민이었다. 박영민은 놀란 눈을 부릅 뜬 채 서재원을 뚫어져라 보았다.

"어떻게 이 통일 고등학교에 북한 독재 정부의 지도층 자손이 회장이 될 수 있습니까? 지도층은 많은 사람들이 굶어 죽도록 만들면서도 자기 배를 채운 사람들입니다. 북한의 수용소는 또 어떻습니까? 제가 말하지 않아도 모두 알고 있죠? 그런 악마 같은 지도자에 충성한 사람의 자손이 통일한국에서 리더 역할을 한다고 나온 것부터가 잘못되었습니다!"

박영민은 온몸에서 피가 빠져나가는 것만 같았다. 지금까지 왜 가족들이 할아버지의 존재에 대해 말하는 걸 금기시했는지, 왜 친가와는 왕래가 없었는지 지금까지 쌓인 의문이 풀렸다. 무릎에 올려놓은 두 손이 부들부들 떨리기 시작했다.

"박영민은 그런 사실을 알고 있으면서도 우릴 속이고 이 학교의 회장이 되겠다고 나섰습니다. 도대체 양심이 있는 겁니까? 박영민은 회장이 될 자격이 없으며 절대 되어서도 안 됩니다!"

박영민은 몰랐다. 그저 어렸을 때부터 외삼촌네와 함께 살아왔다. 자기 배를 채운 지도층이라고? 박영민의 기억엔 그저 소박하다고 하기에도 부족한 가정 형편이었다. 엄마 혼자 살림을 꾸려 겨우 먹고 살 정도의 형편. 지도층의 집안이라는 표가 나는 물건은 눈 씻고 봐도 찾을 수가 없을 것이다.

서재원이 연설을 마치고 흡족한 얼굴로 단상을 내려왔다.

서재원에 이어 박영민이 단상에 오를 차례였다. 하지만 박영민은 그대로 굳어버린 채 자리에서 일어나지 않았다. 리수연도 놀라고 당황스럽긴 마찬가지였지만 하얗게 질린 박영민의 옆얼굴을 보자 안쓰러운 생각이 들었다. 박영민의 옷깃을 살짝 잡아당겼다.

"네 차례야."

리수연의 말에 정신이 든 박영민은 자리에서 벌떡 일어섰다. 억울함을 풀기 위해서라도 정신을 차리고 마음을 다잡기로 했다. 숨을 고른 뒤, 무거운 걸음을 옮겼다.

"안녕하십니까, 기호 2번 박영민입니다."

전교생의 시선이 당장이라도 박영민을 빨아들일 것만 같았다.

"전 억울합니다. 자라면서 할아버지에 대해 들은 적도 없습니다. 만약 서재원의 말이 맞다면…… 그건 할아버지의 일입니다. 제가 잘못한 일이 아닌데, 왜 제가 자격이 없다는 겁니까!"

박영민의 목소리가 격양된 것을 느낀 아이들의 마음은 착잡해졌다.

"통일한국은 자유민주주의 국가입니다. 민주주의는 자유와 평등을 기본 이념으로 하고 있습니다. 누구에게나 회장으로 나올 자유와 기회가 평등하게 있다는 뜻입니다. 전 누구에게 해를 입히거나 죄를 짓지도 않았습니다. 그런데 왜 저에게 자유와 평등을 누릴 권리가 없다는 겁니까? 남의 자유를 침해하는 그런 생각을 가진 사람이야말로 이 학교의 회장이 될 자격이 없습니다."

그때까지 분노와 낭패감으로 제정신이 아니던 강철민의 얼굴에 생기가 돌기 시작했다. 서재원의 표정을 보니 불편한 기색이 역력했다. 강철민은 생각보다 박영민이 숙맥이 아니었다는 생각에 흡족하여 주위 북쪽 아이들의 분위기가 심상치 않다는 걸 눈치채지 못했다.

박영민은 연설을 마치고 당장이라도 뛰쳐 나가고 싶은 마음을 가까스로 누르고 있었다. 평소 무엇이든 제대로 마무리를 짓지 않으면 불편한 마음이 발동한 것도 있지만 이제야 자신이 북쪽을 대표하여 이 자리에 서 있다는 사실이 실감났기 때문이다. 홧김에 연설을 중단하고 내려가는 것은 자기 자신만이 아니라 북쪽 아이들을 위해서도 해서는 안 될 행동이었다.

"북쪽이냐 남쪽이냐를 따지는 사람은 어느 한쪽의 회장이 되는 것이지 전교 학생회장은 될 수 없습니다. 그리고 그런 사람은 전교 학생회장이 될 자격이 없다고 생각합니다. 제가 생각하는 학생회장은 이 학교에 다니는 모두를 위할 수 있어야 한다고 생각합니다. 민주주의 국가에서 학교의 주인은 학생과 선생님입니다. 그렇기에 모두가 존중받고 만족할 수 있는 학교를 만들어 가야 할 것입니다. 그래서 학교의 교칙은 학생의 자유와 인권을 제한하고 억압해서는 안 될 것입니다. 교칙은 학생과 함께 만들어 가야 하는 것이라고 생각합니다."

박영민의 연설에 서재원은 콧방귀를 뀌고, 교장은 속으로 혀를 찼다.

"두발과 복장의 자율화, 그리고 야간자율학습과 같은 일들에 대해서는 투표를 통해 결정하거나 적어도 학생의 동의를 얻어야 한다고 생각합니다. 통일한국의 첫 통일고등학교인 이곳에서 제대로 된 민주주의 실현이 그대로 구현되는 것이 바람직하고 당연하다고 생각합니다. 그것은 앞으로 통일한국 학교의 모범이 될 것입니다."

박영민은 조금씩 안정을 되찾고 도덕 선생님의 조언에 따라 작성한 내용을 침착하게 전했다.

* * *

김승일 선생은 북쪽 아이들 사이에 도는 미묘한 기류를 감지했다. 서재원의 예상치 못한 공격에도 불구하고 박영민은 연설을 무사히 마쳤다. 그런데도 북쪽 아이들의 표정과 분위기가 냉랭했다. 어느 아이 하나 박영민에게 눈길을 주지 않고 뻣뻣하게 굳은 채 앞만 보고 있었다. 아마도 당사자인 아이들이 북쪽의 과거청산 문제에 대해 더 잘 알고 있을 것이다. 아이들이 어떻게 나올까?

체제 붕괴 후 북한의 과거청산은 지도층이 저지른 일들에 대해서 책임을 묻고 반성하게 하기 위해, 다시는 불행한 과거사가 반복되지 않기 위해서라도 꼭 치러져야 했다. 대한민국 역시 광복 이후 일제시대에 있었던 과거사에 대한 청산을 제대로 이루어 개혁한 뒤 새로운 정부를 세웠어야 했다. 하지만 그러지 못했고, 친일파가 군부독재세력의 뿌리가 되어 수치스러운 역사를 반복해야만 했다. 독일의 경우 나치 정권의 과거청산이 70년이 지나서도 계속되었다. 북한 역시 독재체제의 지도층은 물론이고 가해자와 피해자로 나뉘어 처벌과 보상이 이루어져야 한다.

북한의 통제 시스템 중 하나가 감찰과 감시다. 독재체제를 유지하기 위해 조금이라도 사상에 문제가 있거나 위험 요소가 있는 말이나 행동을 하면 누구라도 서로를 신고하는 시스템을 갖고 있었다. 이웃과 친구는 물론이고 가족도 그 대상이었다. 반대세력의 싹을 애초에 만들지 못하기 위한 방침이었다. 그만큼 가해자와 피해자의 범위가 광범위했다. 통일 후 그동안 참았던 불만과 갈등이 터지는 것을 막기 위해서라도 과거청산은 꼭 이루어져야 할 것 중 하나다.

그런데 우리 교사들과 교장도 몰랐던 사실을 서재원이 어떻게 알았을까? 사생활 보호와 공정성을 위해 부모와 가족의 정보 역시 기록도 없고 알 수도 없다. 그건 교장도 모르는 일이었을 것이다.

하지만 알려고만 한다면 얼마든지 알아낼 수 있다. 북쪽의 혼란을 막고 질서를 잡기 위해 남쪽의 행정 공무원이 가장 많이 투입되었다. 모자란 공무원 수를 채우기 위해 퇴직 공무원까지 다시 채용해야 하는 일까지 벌어졌다. 그뿐 아니다. 교육과 의료 서비스처럼 낙후된 분야엔 남쪽 사람들이 빈자리를 채워야 했다. 기자인 서재원의 아빠가 박영민의 가족사를 알아내는 건 일도 아니었을 테다.

할아버지가 저지른 죄를 손자인 박영민이 책임져야 하는 것은 바람직하지도 않고 합리적이지도 않은 인간적으로 너무한 처사다. 하지만 감정을 거스르면서까지 박영민에게 표를 주기는 힘들 것이다. 피해자는 아이들의 가족과 친척 같은 가까운 사람 중 얼마든지 있을 테니까. 북쪽 아이들 역시 평범한 인간적인 인간일 뿐이다.

17장
마지막 연설

리수연의 콧등에 땀이 송골송골 맺혔지만 그걸 느낄 겨를이 없었다. 두 후보의 연설을 듣고 보니 자신의 연설에 뭔가 중요한 게 빠져있는 것만 같았다. 이 허전한 느낌이 무엇인지 찾으려 연설문을 서둘러 훑어보았다. 온통 여성과 약자에 대한 이야기라는 걸 깨달은 리수연은 당황하고 말았다. 북쪽 남자아이들과의 갈등과 충돌이 리수연의 생각에 많은 영향을 끼친 탓이었다.

서재원은 앞으로 자기가 이루고 싶은 일들을 공약으로 내세웠고, 학교 수업과 관련된 내용, 그러니까 우리 현실에 필요한 계획들이었다. 거기다 박영민이 지도층의 집안이라며 비난했다. 그럴 자격이 없다는 것이다. 박영민은 기회와 자유가 동등해야 한다고 했으며 학교의 결정 사항을 학교의 주인인 우리가 해야 한다는 것이었다. 이것도 우리의 현실, 우리의 얘기였다. 리수연의 가슴이 다시 한번 철렁 내려앉았다. 이번엔 아주 망했다는 생각마저 들었다.

김미진과 남보배는 리수연의 당황하는 모습을 보고 걱정스런 눈빛을 교환했다. 뭔가 일이 잘못된 모양이었다. 연설문을 제대로 갖고 오지 않은 걸까? 아니면 뭔가 중요한 내용을 놓쳐서 고치고 있는 걸까?

박수 소리가 들렸다. 연단 쪽을 보니 박영민이 막 연설을 끝마치고 아래로 내려오고 있었다. 이제 리수연의 차례였다. 더 이상 원고 내용을 가지고 고민할 여유도 없는 상황이었다.

연단으로 올라가면서도 머리가 멍해져 어떤 생각도 할 수 없었다. 심장 박동 소리만 귀가 터질 듯 들려왔다. 이 소리가 강당 안에 울려 퍼지는 것만 같아 얼굴이 화끈거렸다. 등줄기에서 땀이 흘러내렸다.

단상에 올라 중앙에 섰다. 차마 아이들을 볼 수 없어 허공을 응시했다. 멍해진 머리만큼 시야도 흐릿했다. 아이들이 그런 리수연을 보고 웅성거리자 아이들에게로 시선이 갔다. 이미 알고 있는 얼굴들이 하나둘 눈에 들어오면서 정신을 차려야겠다는 생각이 들었다. 아이들에게서 눈을 떼고 위로 시선을 올리자 정면에 교훈을 새긴 현관이 보였다.

차이와 다름을 인정하고 화합하자!

리수연이 밤새 쓴 연설문에도 저 교훈이 들어가 있었다. 그런데 지금 이 상황에서 저 문장이 무엇을 뜻하는지조차 혼란스러웠다.

'차이와 다름을 인정하고 화합하자.'

'차이와 다름을 인정하고 화합하여 행복하게 살자!'

일단 이런 내용으로 시작해 보자. 더 이상 이렇게 입을 다물고 시간을 끌 수는 없다. 무슨 말이라도 꺼내 시작해야 한다.

"차이와 다름을 인정하고 화합하자, 참 좋은 교훈입니다. 저는 지난밤 늦게까지 연설문을 준비했습니다. 하지만 지금 갑자기 그 연설문이 많이 부족하다는 걸 깨닫고 머리가 멍해졌습니다. 연설문의 내용은 차이와 다름을 인정하고 화합하자는 것이었습니다."

자기소개도 생략된 리수연의 연설에 웅성거리던 강당이 조용해졌다.

"그런데 지금 생각해 보니, 차이와 다름을 인정하고 화합하는 일이 참 어려운 일이란 걸 알게 됐습니다. 앞의 두 후보가 얘기한 민주주의와 독재주의 얘기를 잘 들었습니다. 사회주의 국가인 북조선은 사라지겠죠?"

김지성 선생은 정신이 번쩍 들었다. 아무래도 자기가 한 말이 분명 그들에게는 슬픈 말이었고 상처가 되었을 것이었다. 그런 말까지 할 생각은 전혀 없었다. 그때는 예상치 못했던 상황에서 흥분하고 말았다. 김지성 선생은 시선을 바닥에 둔 채 무거운 마음으로 연설에 귀를 기울였다.

두서없이 갑자기 튀어나온 말에 리수연은 아차 싶었다. 다시 집중하여 천천히 하자고 속으로 되뇌었다.

"저는 북조선에서 왔습니다. 그곳은 저의 고향이고 제가 자란 곳입니다. 그런데 북조선은 이제 흔적도 없이 사라진다고 합니다. 지금 북조선에선 우리가 쓰던 말들이 점점 사라지고 있습니다. 제가 태어나고 자란 고향 집도 처음으로 동무들과 우정을 나누었던 유치원도 이미 무너져버렸습니다. 그래서 많이 슬픕니다. 앞으로 더 많은 것들이 사라지겠지만 저는 북조선을 사랑합니다. 저의 고향이고 저의 조국이기 때문입니다. 북조선 사람은 분명 남조선 사람과 다릅니다. 그래서 서로의 차이와 다름을 인정하고 화합해야 합니다. 왜냐하면…… 저는 북조선 사람인데…… 북조선 사람은…… 북조선이 사라져도…… 북조선 사람은 살아있을 것이기 때문입니다."

순간 강철민의 가슴이 저릿해 왔다. 그동안 가슴속에 팽팽하게 꽉 차 있던 공기가 빠져나가는 느낌이 들었다. 리수연을 노려보던 눈에도 힘이 풀려 바닥을 응시했다.

리수연 눈에 아이들 무리 속의 김미진이 들어왔다. 뚫어지라 자기를 보는 김미진의 촉촉한 눈빛은 지금까지 본 적 없었던 것이었다. 김미진은 사라지는 북조선 얘기에 마음이 울컥했다. 리수연과 눈이 마주치자 김미진은 박수를 치는 시늉을 했다.

'우리는 북조선 사람이고, 북조선 사람은 살아있을 것이다.'

김미진은 엄숙하고 진지한 분위기란 걸 알면서도 가슴 깊이 올라오는 전율에 가만있을 수 없었다. 엄지 하나를 세워 마구 흔들었다. 리수연은 그제야 마음이 조금 안정되어 김미진에게 살짝 웃음 지어 보였다. 남보배 역시 안도의 한숨이 나왔다. 주위의 남쪽 아이들이 모두 숨을 죽이고 집중하고 있다는 게 느껴졌다.

"그런데 궁금한 게 있습니다. 남조선 사람은 북조선 사람하고만 다릅니까? 남조선 사람들끼리는 모두 이해하고…… 아니 서로의 차이와 다름을 인정하고 화합할 필요가 없습니까? 제가 보기엔 아닌 거 같습니다. 우리 북조선 사람들도 다 달라요. 서로 말이 안 통하고 무시하고 그러면서 싸우기도 합니다."

리수연은 다시 자기가 무슨 말을 하려다 이런 말이 나왔는지 갈피를 잡을 수 없었다. 다시 길을 잃은 기분이었지만 아이들이 자기의 말에 집중하고 있다는 게 느껴져 마음을 다잡았다.

"그러니까…… 북조선이 어떻게 되든 북조선인인 저 리수연과 우리는 죽지 않을 겁니다. 그리고 사회주의가 나쁘다고 하지만 남조선의 자본주의는 좋기만 합니까? 돈이면 최고라는 생각이 좋은 생각입니까? 절대 아닙니다. 전 사회주의 북조선에도 좋은 것이 얼마든지 있다고 생각합니다."

교장이 눈을 치켜뜨고 리수연을 보았다. 북한이 좋다는 말처럼 해괴한 말은 태어나서 처음 듣는 소리였다. 통일고등학교 회장 선거에 나와서 북조선 사회주의가 좋다고 하다니. 회장 후보 연설장에서 사회주의를 선전하고 있어도 되는 건지, 떫은 감이라도 씹은 것처럼 입안이 떨떠름했다.

"우리 어머니도 어렸을 때 학교 반장을 한 적이 있답니다. 그 반장의 역할이 저는 참 좋다고 생각했습니다. 북조선 학교의 반장은 같은 반 아이가 오지 않으면 직접 집으로 찾아가 오지 않은 이유를 묻고 다음에 학교에 오도록 격려했다고 합니다. 하지만 이곳에서는 동무가 학교에 오든 말든 너무 무관심한 것 같습니다."

서재원이 리수연의 얘기에 콧방귀를 뀌었다.

조금 진정이 된 리수연의 눈에 박영민이 들어왔다. 박영민의 얼굴은 여전히 굳어있었는데 시선을 아래에 둔 모습이 뭔가를 골똘히 생각하는 것처럼 진지해 보였다.

"또 선생님을 대신하여 동무들과의 활동을 이끌고 보듬어주는 일이 반장의 임무였다고 합니다. 저도 그런 회장이 되고 싶습니다. 내 이익을 먼저 챙기기보다는 옆의 동무들을 챙기고 희생하는 그런 회장이 되고 싶습니다. 북조선 학교는 남조선보다 낙후되었을지 모르지만 선생님들과 학생들 사이가 끈끈합니다. 만약 회장이 된다면 그런 사제지간이 될 수 있도록 선생님과 동무들 사이에서 노력하겠습니다."

한진희 선생은 정말 저렇게 된다면 얼마나 좋을까 하고 생각했다. 확실히 남쪽 아이들과 북쪽 아이들은 선생을 대하는 태도부터가 달랐다.

남쪽 아이들은 유치원 때부터 시작한 사교육과 공교육을 통해 수많은 선생을 거쳐 왔다. 그러니 대부분 시큰둥한 태도로 교사를 대했고 학교 선생에게 특별히 관심을 갖거나 소중히 생각하지 않았다. 그건 나이가 들수록 더욱 심해지기 마련이었다. 선생 알기를 우습게 알고 어쩌다 틀어진 아이의 환멸 가득한 눈빛을 마주할 때면 교사 생활 자체에 회의가 들었다. 아무리 사제지간이 예전같지 않다해도 교사에게 있어 가장 큰 보람과 행복은 제자와의 관계에 있기 때문이다.

그와 다르게 북쪽 아이들의 순수하고 순진한 면들이 너무도 예쁘게 보였다. 저런 순진함도 세월이 흐르면 퇴색되기 마련이라는 생각으로 한쪽으로 기우는 마음을 다잡기도 했다. 하지만 교사도 인간이고, 요즘 같은 시대에 순박하고 순수한 아이들이 더 예쁘고 마음이 가는 건 어쩔 수 없는 일이었다.

"모두 서로 다름과 차이를 인정하고 화합할 수 있는 학교가 되기 위해서는 먼저 자기만 옳고 다른 사람은 그르다는 생각을 몰아내야 합니다. 그리고 여자라고 깔보아서는 더더욱 안 됩니다. 저는 회장이 되면 서로 관심을 갖고 위해 줄 수 있는 학교가 되도록 만들겠습니다!"

연설이 끝나자 아이들이 손뼉을 쳤다. 특히 북쪽 여자아이들이 환호하며 열렬히 박수를 쳤다. 연설을 마친 리수연 얼굴이 붉게 상기되어 있었다.

* * *

이튿 날, 리수연이 최희숙 선생과 마주 앉아있는 곳은 학교의 상담실이었다. 개교 이래 아무도 다녀간 적이 없는 상담실은 어색하게 앉은 두 사람 사이에 흐르는 냉랭한 공기와 너무도 잘 어울렸다.

뒤늦게 후보로 등록한 리수연에게는 멘토가 따로 없었다. 고민 끝에 최희숙 선생에게 면담을 신청했지만 1시간이 지나도록 나눈 대화 중 기억에 남는 게 없었다. 최희숙 선생은 표정 없는 얼굴로 리수연에게 물었다.

"더 궁금한 건 없어?"

리수연은 최희숙 선생에게 선거에 대한 정보나 조언만을 얻으러 온 것이 아니었다. 그건 부차적인 것이고 정말 듣고자 한 얘기는 북조선에서의 삶과 탈북 후 남조선에서의 삶이었다. 리수연에게 필요한 것은 남쪽에서 오랜 세월을 보낸 최희숙 선생의 경험과 지혜였다. 특히 남과 북에서 학교생활을 한 얘기를 직접 들으면 선거에서 아이들의 마음을 얻을 방법을 찾지 않을까 싶었다. 그런데 선생님은 본인 얘기가 아니라 다른 새터민들의 얘기를 들려주었다. 그런 얘기들은 학교 생활과는 거리가 먼 얘기라 와 닿지 않고 겉돌았다. 리수연에게 필요한 것은 현실적인 조언이었다.

"선생님은 제가 어떻게 해야 한다고 생각하세요?"

리수연이 최희숙 선생의 눈을 똑바로 보았다. 그러자 최희숙 선생은 얼른 시선을 피했다.

"글쎄…… 네가 할 수 있는 한 최선을 다해야겠지."

순간 최희숙은 자신이 선생 자격이 없다는 생각이 들었다. 리수연이 원한 대답이 고작 이런 것이 아니란 건 잘 알고 있었다. 곧이어 좌절과 절망감이 밀려왔다. 아이들을 가르치는 사람이 아이들을 위해 도움이 될 만한 얘기를 하기가 이렇게 어렵다니, 스스로 생각해도 한심한 노릇이었다. 이런 감정은 이 학교에 와서 끊임없이 이어졌다. 사실 북쪽 아이들에게 무슨 말을 하기가 두려웠다. 어떤 말을 해주려 해도 자신의 어린 시절과 이곳에서 겪은 일들로 인한 상처가 겹쳐지며 심경이 복잡해지고 그런 기분에서 피하고만 싶을 뿐이었다.

남조선 사람들은 무조건 최희숙 선생을 가르치려 들거나 무시하기 일쑤였다. 그들은 당연히 최희숙 선생보다 자신들이 우월하다고 생각하고 있었다. 작은 실수에도 무안하고 당황스러울 정도의 핀잔과 비웃음이 돌아왔다. 약자가 약자를 대할 땐 얼마나 잔인하던가. 그때 다짐했었다. 남에게 조언이나 설교 따위 하지 말자, 모르는 건 모른다고 하자.

"사실, 나도 잘 모르겠구나."

이런 자신이 가르치는 일을 업으로 삼은 것은 아무리 생각해도 아이러니였다. 내 인생은 실패한 것일까. 나락으로 떨어지는 기분이었다. 안정되고 정상적인 삶에서 벗어난 느낌에 자기도 모르게 머리를 흔들었다. 더 감정이 강해지지 전에 추스려야 한다. 괜찮다. 이건 잠시 지나가는 감정일 뿐이다. 곧 아무렇지도 않게 될 거다.

18장
북쪽 소년의 결심

박영민은 휴대폰 너머 강철민이 가까스로 화를 참으며 내쉬는 숨소리를 듣고 있었다.

"애들한테 얘기 들었다."

박영민은 아무 대꾸도 하지 않았다.

"너 지금 어디야?"

"집."

"좀 있다 그리 갈 테니 좀 보자."

강철민은 그 말만 하고 끊어버렸다.

짧은 통화만으로도 강철민의 기분을 알 수 있었지만, 박영민은 이미 마음을 결정한 상태였다. 강철민이 어떻게 나오든 출마 포기를 번복하지 않을 것이다. 아이들을 통해 출마 포기 소식을 들은 강철민이 모른 척 넘어가지는 않을 것이라 예상했던 바였다.

집으로 온다는 얘기인 것 같은데 집안으로 들어오라고 할 수는 없었다. 얼마 전에 통일시에 옷가게를 연 어머니와 누나는 남쪽으로 옷을 떼러 가서 내일 새벽에나 들어오겠지만 아버지가 계시니 혹시라도 큰 소리가 나면 안 될 일이었다.

통일 전 아버지는 북조선의 한 대학에서 교수로 일하셨다고 한다. 통일이 되면서 일자리를 잃고 실업자가 되었다. 아버지뿐만 아니라 통일 후 대학이나 연구원에서 일하던 사람들은 대부분 일자리를 잃었다. 주요 자리는 거의 남조선 사람들로 채워졌다. 다른 직장을 구할 수도 없었던 아버지는 그때부터 서재에 틀어박혀 책만 읽었다. 통일 후엔 어머니와 누나가 공장에 나가 가족을 부양했다. 아버지의 말수는 급격히 줄어들었고 가족들과도 거의 대화를 하지 않는다. 언젠가 조국을 잃었다며 통탄해하던 때가 마지막 기억이다. 아버지의 그런 울음 속엔 할아버지에 대한 감정이 섞여 있었던 것일까?

북조선 정권이 붕괴했다고 해서 남조선으로의 흡수 통일이 유일한 방법이었던 것은 아니다. 하나의 국가, 두 개의 체제, 두 개의 정부로 서로의 체제를 유지하는 두 정부가 독립적인 활동과 통치를 보장하는 길로 갈 수도 있었다. 이건 북조선이 바라던 통일 방안이었지만 그건 독립된 정부를 유지할 힘이 있을 때의 얘기였다. 흡수통일로 인해 남쪽 사람들은 자기들만 피해를 보고 손해를 입었다고 말하지만 제대로 따지면 북쪽 사람들이 더 피해를 입었다. 남쪽 사람들은 적어도 조국을 잃었거나 일자리를 잃지는 않았다.

사실 이런 정황들을 부모님을 통해 들어 알고 있었지만 특별히 관심을 갖고 진지하게 생각해 본 적은 없었다. 박영민은 그저 자기의 꿈을 이루기 위해 열심히 공부하고 싶은 생각밖에 없었다. 그리고 이 생각은 지금도 변하지 않았다. 이번 일로 숨기고 있던 집안의 비밀이 폭로될 줄은 꿈에도 몰랐다. 당시엔 홧김에 오기가 생겨 그래 한번 해보자는 생각도 들었다. 하지만 이런 걸원하지 않는다. 꼭 누군가의 삶을 흉내 내고 있는 것만 같았다. 민주주의와 진정한 인권에 대해 얘기했지만 박영민은 그 어느 사상 아래서든 묵묵히 그리고 열심히 자기 삶을 살아가고 싶을 뿐이다. 그곳이 북조선이든 남조선이든 상관없었다. 이번 선거 연설을 통해 처음으로 자기 자신에 대해 진지하게 생각해 보게 되었다.

그래서 리수연의 연설을 듣고 많이 부끄러웠다. 리수연은 리수연이겠다는 말이었다. 리수연의 연설은 제대로 준비되지 않았지만 진심이 느껴졌다. 진정으로 회장을 원하며 하고 싶은 일이 있었고, 또 무엇보다 그것을 진정으로 원하는 사람이 리수연이었다.

결국 박영민은 학생회장이나 정치제도에 관심이 없으면서 이기적이고 개인주의적인 인간으로 보이지 않기 위해 남들의 강요에 휘둘리고 있었다. 너무 많은 일들 사이에서 혼란스러웠던 몇 주는 마치 몇 년의 시간이 흐른 것처럼 느껴졌다. 서재원이 할아버지를 들고 나선 걸 오히려 고마워해야 하나.

박영민의 꿈은 천문학자나 우주인이 되는 것이다. 남쪽에서는 공부를 잘 하면 판사나 검사, 의사가 되길 희망한다지만 박영민은 아니었다. 아주 어렸을 때부터 러시아로 유학을 가서 우주선을 만들거나 우주를 연구하는 사람이 되고 싶었다. 이번 일을 통해 북도 남도 없는 우주라는 곳을 동경해 온 이유를 알 것 같았다. 박영민은 그런 소년이었다.

삑- 삑-

곧이어 오토바이 시동이 꺼지는 소리가 들렸다. 창밖을 내다보니 강철민이 헬멧을 벗고 있었다.

강철민은 빌라 출입구로 나오는 박영민을 보고 거칠게 가래를 긁어 바닥에 뱉었다.

"무슨 생각으로 포기했는지 들어나 보려고 왔다."

박영민은 강철민의 공격적인 말투에 침착하게 대답했다.

"자격이 없어서 그만둔 거야."

"할아버지랑 너랑 무슨 상관이야!"

자격이란 회장으로서의 능력이 안 된다는 뜻이었지 할아버지 일을 두고 한 말이 아니었다. 하지만 할아버지 일 역시 무시할 수는 없었다. 아이들은 박영민을 찍지 않을 것이 분명하다. 후보 연설이 끝나고 아이들의 마음이 박영민에게서 완전히 돌아섰다는 걸 느낄 수 있었다. 그걸 강철민이 모를 리가 없다. 아이들의 냉담함에서 오는 아픔은 서재원의 공격과는 차원이 다른 상처가 되었다.

"그렇다고 나한테 아무 말도 없이 혼자 결정해 버려? 널 후보로 만든 건 나야."

"하지만 하겠다고 결정한 건 결국 나야."

강철민은 박영민을 한동안 말없이 노려보았다.

"나 그만 들어가 볼게."

"아직 내 얘기 끝나지 않았다! 할아버지 일은 내가 애들을 설득할 수 있어. 그런 걸로 포기하는 게 쪽 팔리지도 않냐!"

강철민의 말에 박영민은 잠자코 서 있었다.

"넌 배신자야. 우리도 조국도 버린 배신자야! 넌 우리가 만들어 놓은 거야. 죽이 되든 밥이 되든 선거에 나가는 게 맞아. 자존심도 없냐? 포기하게? 다시 취소해! 당장!"

"누구도 다른 사람에게 억지로 뭘 하라고 강요할 수 없어."

"어쭈, 박영민, 너 그동안 남조선 사람 다 됐네? 흐흐."

강철민의 비웃음에도 박영민은 이상하게 기분이 상하지 않았다.

"그런데 미안하지만 넌 북조선 사람이거든? 네가 민주주의니 자유니 떠들고 남조선 사람인 척한다고 남조선 사람들이 널 인정할 거 같아? 공부 좀 잘한다고 띄워줬더니 아주 꼴값을 떨어요. 넌 죽었다 깨나도 남쪽 놈은 못 돼! 알아?"

"알아."

강철민은 박영민의 말에 얼굴이 굳어버렸다.

"하늘이 도와서 됐다 해도 난 언젠가는 회장 선거에 나온 걸 후회했을 거야. 그리고 어차피 되지 않을 거라면 빨리 포기해서 리수연을 도와주는 게 낫다고 생각해."

"리수연?"

강철민은 뭔가 말하려다 그만두었다.

강철민은 정말 리수연이 꼴 보기 싫었다. 서재원이 되는 것만큼이나 리수연이 되는 것도 눈 뜨고 봐줄 수 없는 일이었다. 리수연이 나대지만 않았어도 북쪽 아이들이 남녀로 갈리어 표가 두 동강이 날 걱정은 없었을 것이다. 누구도 뽑지 않으면 않았지 리수연에게 표를 주고 싶은 마음은 추호도 없다.

하지만 지금 리수연에 대한 강철민의 감정은 복잡했다. 마음이 바뀐 건 아니지만 어제의 연설을 들은 뒤로 뭐라고 욕을 하기에도 뭣한 상황이 되어버렸다. 망부석처럼 자리에 우뚝 서 있는 박영민을 보고 있자니 꼭 바위를 앞에 두고 있는 것만 같았다. 저러고 서서 꿈쩍도 하지 않을 것 같은 박영민을 어떻게 해 볼 도리가 강철민에게는 없었다. 주먹이라도 날려 끝내고 싶었지만 부질없는 짓이었다.

강철민은 오토바이 시동을 걸고 헬멧을 썼다. 그러고 잠시 박영민을 보았다. 굳게 다문 입이며, 반듯한 얼굴이 이젠 지긋지긋하게 느껴졌다.

박영민은 강철민이 멀어지는 모습을 가만히 보았다. 잠시였지만 떠나기 직전의 강철민의 얼굴을 본 박영민은 심정이 묘해졌다. 화와 분노가 아닌 씁쓸함이 가득한 얼굴이었다.

강철민은 날이 저물어 가고 있는 통일시를 전속력을 다해 달렸다. 강철민을 찾는 엄마의 전화가 계속 이어졌지만 무시했다. 갑자기 뭔가가 몸속에서 빠져나간 것 같은 이 허망한 기분으로 잔소리를 들었다간 자기가 어떤 일을 벌일지 스스로도 장담할 수 없었다.

이제 강철민이 할 수 있는 건 아무 것도 없었다. 처음 박영민이 선거 등록을 마치고 나서 들떴던 때가 떠올랐다. 정말 멋지게 해내고 싶었다. 그동안 북에서 온 거지라며 놀림당하고 무시당하며 한민족에게 받은 차별에 멋지게 한방 날리고 싶었다. 시작은 모든 상황이 강철민에게 유리했다. 하지만 복수는 강철민의 것이 아니었다. 그건 처음부터 강철민의 것이 아니었다. 못난 자기가 박영민의 힘을 빌려 내 것인양 우쭐대다 모든것이 산산조각 나버렸다. 너무도 못나고 보잘것없는 자신이 창피하여 강철민은 속도를 더욱 높였다.

* * *

집에서도 쉽게 먹을 수 없는 귀한 흰쌀밥을 먹던 남대성은 꼭 모래를 씹는 기분이었다. 학교 식당에 사선으로 서재원이 앉아 온갖 호들갑을 떨며 아이들과 시시덕거리고 있었기 때문이다. 후보 연설이 끝나고 서재원은 다시 득의만만해져서 아이들을 끌고 다녔다. 남대성은 입속의 밥을 넘기기 위해 국을 연거푸 떠먹었다. 입안의 서걱거리는 느낌은 좀처럼 나아지지 않았다.

사실 며칠 전 점심시간에 벌어진 축구경기는 남대성 일생에서 가장 흥미진진하고 통쾌한 경기였다. 그 일로 서재원의 지지율이 떨어지는 듯했다. 남대성이 통쾌해 하자 아빠는 남녀관계는 결혼식장까지 가봐야 아는 것처럼 선거는 투표함을 열어봐야 알 수 있는 거라고 했다. 그래도 일이 이렇게 한방에 달라질 줄은 몰랐다. 축구 시합 이후 불과 사흘 뒤 후보 연설이 열렸다. 그 후, 서재원의 지지율이 다시 전의 상황으로 회복한 듯하다. 아니, 더 올라간 것 같지만 인정하고 싶지 않다. 박영민의 할아버지를 들먹이며 비겁한 공격을 한 서재원이 뭐가 좋다는 것일까. 거기다 박영민이 출마 포기를 할 줄은 전혀 상상도 못한 일이었다. 아빠 말대로 투표함을 열어 보기 전까지 또 무슨 일이 생길지 맘을 놓을 수 없는 것이 선거였다.

기운을 잃은 사람은 남대성만이 아니었다. 북쪽 아이들도 풀이 죽은 모습이 역력했다. 소문에 따르면 북쪽 남자애들이 리수연을 무척 싫어한다고 하는데 그게 사실인 모양이었다. 거기다 남쪽 여자아이들은 여자란 이유로 북쪽의 리수연에게 표를 주지는 않을 것이다. 남보배에게도 주지 않은 표를 리수연에게 줄 가능성은 거의 없다고 봐야 한다. 그리고 연설 이후 서재원에 대한 여자아이들의 인기도 완전히 회복된 게 여자의 마음에 둔감한 남대성의 눈에도 보였다. 연설하는 서재원이 멋있다고 생각했는지 서재원을 보는 여자애들의 눈빛이 달라져 있었다. 지금도 식당을 떠들썩하게 만드는 서재원에게 시선을 보내는 아이들도 모두 여자애들이다. 또 서재원이 만든 홍보 동영상이 완성되어 며칠 전부터 아이들에게 관심을 끌고 있다. 벌써 조회 수가 1,000회가 넘었다. 남대성이 보기엔 그냥 유명한 가수의 허접한 뮤직비디오를 어설프게 따라한 더 허접한 아마추어의 작품에 불과했다. 이렇게 되면 회장은 서재원으로 확정이 되는 건가?

어제 아빠가 말하길 리수연이 선거에서 이기자면 지금부터라도 자기를 홍보하여 인지도를 높이고 좋은 인상을 남겨야 한다고 했다. 남대성도 리수연이 어떤 아이인지 잘 모른다. 선거 연설에서 처음으로 목소리를 들은 것이나 다름없다. 그래도 연설은 참 마음에 들었다. 그렇다고 알지도 못하는 리수연을 위해 선거운동에 나설 수도 없는 노릇이다. 서재원 표를 뺏을 방법이 어디 없을까?

'그래, 내가 출마하는 거야! 다시 출마해서 다만 몇 표라도 빼앗는 거지! 출마하지 않기로 계약서를 쓴 것도 아니고. 그리고 내가 꼭 안 되란 법 있어? 박영민이 빠진 자리에 내가 들어간다! 처음부터 내 자리였던 거야! 아, 나 뇌섹남!'

남대성은 숟가락을 쥔 주먹을 식탁에 내려쳤다.

이제 선거일까지 2주도 남지 않았다.

19장
또 다른 소년의 결심

　김미진이 강철민에게서 문자를 받은 시각은 밤 10시가 다 되어서였다. 아파트 단지 내의 놀이터로 나오라는 내용이었다. 다른 때 같았다면 설레었겠지만 오늘은 무겁게 다가왔다.

　김미진이 오는 모습을 본 최대철이 고갯짓으로 김미진을 가리켜 보였다. 미진을 보는 강철민은 늘 그렇듯 무표정했지만 오늘따라 더 무뚝뚝하게 느껴졌다.

　"내가 있어서 실망했구나!"

　최대철이 능글거리며 웃었다.

　오히려 최대철이 함께여서 다행이었다. 박영민의 출마 포기로 기분이 엉망일 강철민과 단 둘이 있었다면 숨이나 제대로 쉬어졌을까. 그리고 아직 강철민과 둘만 있는 게 어색한 연애 초기에 불과했다.

"무슨 일이니?"

"나 회장 선거에 나간다."

"뭐어?"

순간 미진은 정신이 번쩍 들었다. 그렇게 말한 강철민의 얼굴은 여전히 무뚝뚝했지만 김미진의 안색을 살피는 기색이었다.

"뭐라고 했니? 회장?"

입이 근질거리던 최대철이 재빨리 끼어들었다.

"그래, 회장 선거 나간다고. 이 강철민이가!"

강철민은 정면을 응시한 채 김미진의 눈길을 피했다.

"박영민이 출마를 포기했으니, 이제 우리 남자들은 손해 볼 것도 없다, 이 말이지. 그리고 사실 진정한 회장감은 박영민이 아니라 강철민 아니야?"

회장감으로 따지자면 박영민보다 강철민이 적임자라는 데는 공감한다. 공부 잘하는 회장이 아이들에게 무슨 도움이 되는지 모를 일이다. 북쪽에서도 그저 선생님이 좋아하는 아이가 감투를 쓰면, 선생님하고 반장하고 둘이만 죽이 맞을 뿐 아이들에게 이로운 점은 딱히 없었다. 오히려 소외감을 느끼면 느꼈지.

"우리를 대변할 사람은 강철민밖에 없어."

최대철은 '우리'라며 자기 가슴에 손을 올려놓았다.

김미진은 강철민을 보며 씩 웃는 최대철에게서 왠지 모를 질투심이 느껴졌다. 스스로도 이해가 되지 않았다. 여자도 아닌 남자인 최대철을 질투하다니. 강철민에 대한 최대철의 감정은 친구를 넘어서 형제 같은 끈끈함이 묻어 있었다.

"차라리 이렇게 된 게 잘된 거지 안 그래? 그런 인간을 할아버지로 둔 박영민은 회장 될 자격이 없어! 또 뽑혀봤자 우리 북조선 애들한테 무슨 도움이 되냐 이 말이야. 그저 선생들이 시키는 것만 하고 자기 공부만 하겠지. 하지만 강철민은 아니야."

김미진의 머릿속에 '리수연'이라는 이름만 덩그러니 떠올랐다.

"그래서 말인데, 네가 리수연 좀 말려줘라."

최대철이 능글거리는 웃음을 지으며 김미진의 반응을 기다렸다.

김미진은 그저 웃음이 나왔다. 강철민의 출마 소식에 이어 리수연을 말려보라니. 말려야 할 사람은 리수연이 아니라 강철민이 아닐까. 오늘따라 최대철의 날카로운 눈빛에 어울리지 않는 웃음이 야비하게 보였다. 모든 걸 다 알면서 곤란한 상황에 놓인 김미진을 감상하고 있는지도 모르겠다.

"내가 왜 수연이를 말려야 한단 말이니?"

순간 최대철의 얼굴에서 웃음기가 싹 가시었다. 김미진은 최대철과 강철민의 중간쯤에 시선을 두고 계속 말을 이었다.

"출마하기로 했으면 그냥 나가면 되는 거지. 누구 보고 빠지라 하지 말고 정정당당하게 경쟁하라."

"야, 너 돌대가리니? 남조선 애들 하는 거 못 봤니? 우리도 후보를 한 명으로 내야 표를 모을 거 아니야!"

최대철의 말을 귓등으로 흘려버렸지만, 가슴 한쪽이 무너지는 게 느껴졌다. 그 정체는 강철민에 대한 실망감이었다. 박영민이 후보일 땐 아무 말도 없더니 이제와서 리수연에게 양보를 구하는 모습이 참으로 지질했다. 자신은 없는데 자존심은 상하니 직접 얘기는 못 하겠고 최대철과 김미진을 통해 부탁하는 것이었다.

"야, 너 남쪽에 회장을 빼앗기면⋯⋯."

"됐다! 그만 가자."

강철민은 최대철의 말을 자르고 그대로 일어나 가버렸다. 최대철은 멍하니 강철민의 뒷모습을 보다 김미진에게 원망의 눈빛을 보내곤 서둘러 뒤를 쫓아갔다.

김미진은 다리에 힘이 풀려 벤치에 앉았다. 이대로 강철민과는 끝나는 걸까? 그런 생각이 들자 갑작스럽게 혼란스럽고 마음이 흔들렸다. 수연이에게 한 번이라도 말을 해보고 답을 주는 것도 좋았을 텐데. 의외로 수연이가 쉽게 응할 수도 있지 않을까. 물론 강철민과 남자아이들에게 쌓인 감정이 잘 풀리도록 노력하는 일이 쉽지 않겠지만 그래도 시도는 해보겠다고 말했으면 좋지 않았을까. 횡하니 몸을 돌리는 강철민에게서 분명 냉기가 느껴졌다. 짙은 어둠에서 벗어날 수 없을 것 같은 밤이었다.

이튿날 아침 일찍부터 강철민은 확성기를 들고 교문 앞에 섰다.

등교하는 첫 아이가 골목을 돌아 나타나자 확성기를 입에 댔다. 점심시간이나 하교 시간보다는 짧지만 많은 아이가 집중할 수 있는 시간대를 고른 것이었다.

"강철민에게 표를 줍시다! 소중한 한 표를 강철민에게 줍시다!"

강철민의 목소리에 멀리서도 멈칫하는 아이의 모습이 보였다.

"통일한국 제1고등학교의 맞춤인재 강철민에게 한 표를!"

아이들이 모여 올수록 목소리가 커졌다. 북쪽 남자애들이 강철민을 보고 달려와 옆에 섰다. 그리고 생목소리로 힘껏 외쳤다.

"강철민을 회장으로! 진정한 회장감은 강철민뿐이다! 강철민! 강철민!"

최대철은 두 팔을 번쩍 들고 외쳤다. 등교 시간이 가까워질수록 많은 아이가 교문으로 몰려왔다. 몇몇은 조금 떨어진 곳에서 재미난 구경거리라도 되는 마냥 선거운동하는 아이들을 지켜봤다. 아침 일찍 김미진의 문자로 알고 있던 리수연은 그쪽에 눈길도 주지 않고 지나갔다. 의외로 서재원의 반응이 싱거웠다. 강철민과 최대철, 그리고 몰려들어 함께 유세하던 아이들을 보고는 조금 놀라는가 싶더니 콧방귀를 뀌고 들어가 버렸다. 강철민은 더욱 힘을 내 외쳤다.

"통일한국 제1고등학교의 맞춤 인재인 강철민을 뽑읍시다!"

이 광경을 보고 강한 반응을 한 사람은 남대성이었다. 그 자리에 얼어붙은 듯 휘둥그레진 눈으로 자기들을 뚫어져라 보는 남대성의 반응에 모두 어리둥절했다.

"저 아새끼 뭐야!"

남대성은 눈앞에 놓인 상황을 이해하기 위해 잘 굴러가지 않는 뇌섹남의 머리를 굴려보려 애썼다. 충격 때문인지 한참이 걸렸다. 그러니까 강철민은 누구에게 표를 얻고, 나에게 어떤 영향이 있는지. 강철민이 나와서 내 출마가 무의미해지는 건 아닌지. 영향이 있겠지. 없지는 않겠지. 이건, 뭐 막장 드라마도 아니고, 뭐가 이렇게 복잡해. 아, 빡 돌아!

등교 시간이 가까워지고 아이들이 대부분 자기 자리를 찾아 앉았을 때쯤 강철민이 교실을 향해 소리쳤다.

"통일한국 제1고등학교 1학년 잘 들어라! 나 강철민은 통일한국 제1고등학교 회장 선거에 나가기로 했다. 내 고향은 북조선이다. 또 남조선에서 그 보다 더 오랜 시간을 살았다. 나보다 통일한국 제1고등학교의 회장감으로 적합한 사람 있으면 나와 보라고 해!"

"와와아아!"

강철민 옆의 무리들이 박수와 함께 소리쳤다. 등굣길에 출마 사실을 처음 알게 된 북쪽 남자 아이들은 교실로 들어가지 않고 그대로 남아 함께했다. 그들 얼굴엔 활기와 기쁨이 넘쳐흘렀다. 교실 안 아이들은 창밖으로 얼굴을 내밀었다.

"성적? 돈? 그래, 나 돈 없고 공부도 더럽게 못 한다! 하지만 그 잘난 서재원이 너희들한테 해줄 게 뭐가 있다고 생각해? 공부 잘

하는 부잣집 도련님이 회장이 되면 너희들을 위해 뭘 할 거라고 생각하냐?"

아이들 몇이 서재원을 찾아 주변을 두리번거렸다. 서재원은 아이들 속에서 강철민을 뚫어지라 노려보고 있을 뿐 아무 반응도 보이지 않았다.

"서재원은 잘난 놈일 뿐이고, 자기 성공을 위해서만 살 놈이라고! 자율학습 폐지? 자유를 위해 자율학습을 폐지하자고? 개뿔! 너희들은 그게 정말 자유를 위해서라고 생각하냐? 서재원은 그 시간에 집에 가서 비싼 학원 다니겠다는 말이야. 그리고 아버지를 통해 고급 입시 정보를 공유하겠다고? 야! 씨발! 니들 등신이냐? 서재원이 정말 그걸 공유하겠다고 믿는 건 아니겠지? 그럼 진짜 등신이다!"

감정이 격해진 강철민은 목이 메어 침을 꿀꺽 삼켰다. 한번 속마음을 쏟아내자 가슴 속에서 솟구치는 감정을 억제할 수 없었다. 자기 말에 집중하는 아이들의 모습에 감정이 고조되었다.

"옳소오오오!"

최대철이 외치자 아이들이 손뼉을 치며 따라 소리쳤다.

"옳소오오!"

"그리고 서재원이 회장이 돼서 남북의 진정한 통일을 이루겠다는 말! 진짜 미친 헛소리야! 저 새끼는 통일, 북쪽, 남쪽 이런 거 관심도 없는 새끼야! 저 새끼는 이 학교 회장을 그냥 스펙 쌓기로밖에 안 보는 놈이야. 그리고 너희들은 저 새끼 스펙 만드는 데 그냥 들러리일 뿐이고."

듣고만 있던 아이들이 웅성거리기 시작했다.

리수연과 함께 지켜보는 김미진은 가슴이 조마조마했다. 지금까지 줄곧 서재원을 공격하고 있지만 언제 그 화살이 리수연을 향할지 알 수 없어서였다. 리수연도 듣는 내내 신경이 날카로워진 걸 느낄 수 있었다. 너무 집중하고 긴장해서 머리가 아찔할 정도였다.

"너희들 잘 들어라! 나야말로 통일을 위해 노력할 후보다! 남쪽과 북쪽을 모두 경험한 사람은 나밖에 없어. 이곳에 와서 내가 느낀 게 뭔지 알아? 잘난 놈들은 못난 놈들을 무시하고 이용만 할 뿐이라는 거다! 나, 강철민은 대학? 스펙? 그런 거, 씨발, 좆도 관심도 없어!"

"옳소!"

"와아아!"

강철민이 격하게 소리치자 북쪽 아이들의 가슴이 뻥 뚫리는 것처럼 시원해졌다. 그동안 쌓이고 막혔던 감정 찌꺼기를 모두 날려버리려는 듯 더욱 악을 쓰며 소리쳤다.

"강철민!"

굵직한 호통 소리에 모두의 시선이 쏠렸다. 김지성 선생이었다.

"이제 수업 시작이다. 교실로 들어와."

아직 할 말이 많이 남은 강철민은 서둘러 마무리를 지어야 했다.

"난 못난 놈들을 위해서 내가 할 수 있는 일이면 뭐든 다 하겠다! 그러니까 니들 잘난 놈 들러리 짓 하지 말고 날 뽑아라!"

서재원의 반 아이들은 자리로 돌아가며 서재원쪽을 힐끗거렸다. 어느 때보다도 심각한 얼굴을 한 서재원에게 누구도 말을 걸 수 없었다.

강철민과 아이들이 교실로 들어서자 아이들 몇이 손뼉을 치며 환대했다. 첫 수학 시간의 담당 교사인 김지성 선생은 강철민이 자리에 앉는 모습을 지켜보며 권력의지라면 저놈을 따를 자가 없을 거란 생각을 했다. 일어날 일이 이제야 일어난 것일 뿐이다.

줄곧 자리에 앉아 강철민의 얘길 들은 박영민은 웃음이 나왔다. 스스로도 이런 상황에서 웃음이 나오는 게 이상했지만 홀가분하면서도 통쾌한 기분이 들었다.

* * *

철민네 식당, 철민 엄마가 중년 부부를 반갑게 맞았다.

"야, 이게 얼마 만이니? 그래 오는 길 힘들지 않았어?"

"뭐가 힘들어요. 아이고, 언니! 건강하셨죠?"

"그래, 나야 건강하지. 앉으라. 그래, 북으로 다시 간다니 무슨 말이니?"

"곧 정부에서 탈북자들에 한해 북쪽으로 이주를 허용한다고 합니다. 그래서 우린 그 소식을 듣자마자 고민할 것도 없이 바로 결심했어요."

"정말 가는 거니?"

부부가 고개를 주억거렸다.

정부가 북쪽의 인력난을 해소하기 위해 곧 탈북자들의 이주를 허용하기로 한다는 것이었다. 인건비와 토지가 싼 북쪽으로 기업들의 공장 건설과 투자가 이어지고 있지만 그에 따른 전문 인력들은 턱없이 부족했다. 통일 초기 남쪽 정부는 북쪽에 많은 인력을 파견했다. 하지만 많은 사업이 실패로 이어졌다. 북쪽지역의 특성을 잘 모르고 북쪽 사람의 기질을 이해하지 못한 남쪽 사람의 무능력 때문이었다. 그 문제를 해결하기 위해 전문적인 지식이나 기술을 가진 탈북자들은 북쪽으로 자유롭게 이주할 수 있게 되었다. 중년 부부는 평양으로 가 북쪽 사람들에게 컴퓨터를 가르칠 계획이라고 했다.

"여기 와서 코피 쏟아가며 그렇게 악착같이 컴퓨터를 배우더니 그 보람이 있구나! 하늘이 도왔어! 우리가 다시 고향에 갈 수 있을지 어찌 알았겠니."

철민 엄마는 중년 여성의 손을 하염없이 쓰다듬었다.

"고향 가면 꼭…… 땅을 사서…… 거기다…… 부모님 모시고 살 거예요."

중년 여성은 눈물을 쏟으며 힘들게 말을 이었다. 철민네는 그래, 그래, 라며 고개를 연신 끄덕였다.

"누님, 여기도 점점 더 좋아질 겁니다. 조금씩 개방될수록 통일시에 왕래하는 인구가 자연스럽게 늘어나면 이 식당 매출도 늘겠죠."

분위기를 바꾸려는 듯 중년 남성의 시선이 강철민에게로 향했다.

"철민아, 너도 뭐 따로 하고 싶은 게 없으면 기술을 배워라. 그것만큼 유용한 게 없다. 지금 북조선에는 기술자가 부족해서 난리란다."

"저 하고 싶은 거 있습니다."

강철민의 묵직한 대답에 중년 여성이 반색하며 말했다.

"그래? 뭐가 하고 싶은데, 그래 들어나 보자."

"저는 정치가가 될 거예요. 북쪽 사람들을 위해선 기술자도 전문가도 필요하지만 제가 보기엔 제일로 필요한 사람이 정치갑니다. 이제 진짜 통일이 되면 북쪽 사람들 편에서 힘써 줄 사람이 있어야 해요. 전 그런 일 할 거예요."

"언니, 철민이가 언제 이렇게 컸어요!"

중년 여성의 말에 철민 엄마는 입을 삐죽 내밀었지만 싫지 않은 눈치였다.

"철민이, 이 자식 멋지다! 허허허!"

20장
남조선 나들이

    남조선 방문이 처음이 아닌데도, 리수연은 버스에 오르자 긴장이 되었다. 떨리는 마음을 고정하려는 듯 안전벨트를 찾아 몸을 단단히 묶었다. 엄마 얼굴은 설렘과 걱정이 섞여 있는 듯한 묘한 표정을 띠고 있었다.

    남조선에 가는 내내 엄마는 눈을 감고 쉬었지만 리수연은 눈을 동그랗게 뜨고 창밖을 뚫어지라 보았다. 처음 뭣 모르고 남조선을 방문했을 때와는 또 다른 긴장감이었다. 뭔가 북조선을 대표하여 남조선을 방문하는 사람처럼 가슴이 묵직하고 어깨가 무거운 책임감 같은 것이 느껴졌다. 생각이 여기에 이르자 저도 모르게 웃음이 피식 나왔다. 선거를 치르기까지 아직 갈 길이 까마득한데 벌써 대표가 된 듯한 기분에 사로잡히다니.

남조선의 지하철 노선표는 너무 복잡하여 보고 있으면 멀미처럼 속이 메슥거렸다. 퇴근 시간에 몰린 사람들로 지하철은 그야말로 발 디딜 틈도 없었다. 콩나물시루 같은 지하철을 벗어나서야 제대로 숨통이 트이는 듯했지만 눈앞에 가파른 언덕길이 나왔다.

"엄마, 잠깐 쉬었다 가요."

엄마는 땀을 흘리는 수연을 보고 웃으며 고개를 끄덕였다.

그제야 리수연의 귀에 큰 함성 같은 소리가 들려왔다.

"이게 무슨 소리지요?"

"아직도 시위를 하는 모양이네. 요즘 이 학교 난리도 아니란다. 총장이 비리를 저질러서 학생들이 총장 물러나라고 시위를 하고 있거든. 정말 북조선에서는 생전 보지도 못한 풍경이야. 학생들이 물러나라고 하면 총장이 물러나겠나 싶은데, 그런 일이 있기는 하다니 남조선 사람들 정말 무섭다는 생각이 들지 뭐니."

─비리 총장, 물러나라!

─물러나라! 물러나라!

─학교를 가지고 돈 장사하는 총장은 물러나라!

─물러나라! 물러나라!

한 여학생이 구호를 외치자 많은 사람이 따라 외쳤다.

"엄마, 빨리 올라가 봐요. 어서요!"

리수연이 엄마 팔을 잡아당기며 서둘러 언덕을 올랐다.

리수연은 눈 앞에 펼쳐진 장면을 보고 입이 떡 벌어졌다. 학생으로 보이는 수백 명의 사람이 일제히 뭔가가 적힌 종이를 들고 구호에 맞춰 흔들며 외쳤다.

―물러나라! 물러나라!

어두컴컴한 교정에 많은 사람이 일제히 똑같은 소리를 외치며 똑같이 행동하는 모습이 무섭기도 했지만 쉽게 눈 뗄 수 없는 마력 같은 것이 있었다. 그중에서도 한 사람에게 시선이 고정되어버렸다. 학생 대표로 보이는 사람이었다. 그 사람이 하는 말에 사람들이 따르고 구호를 외치기도 했다.

한참을 보고 있자니 엄마가 리수연의 옷깃을 잡아당겼다.

"수업 늦겠다. 도서관에 있을 거니?"

리수연은 시위 현장에 눈길을 고정한 채 고개만 끄덕였다. 학생 대표의 말과 몸짓, 하나하나가 멋있고 박력 있었다. 정말 저렇게 많은 사람이 따를 만했다. 대표라면 불의에 맞설 저런 용기와 배짱이 있어야 한다는 생각이 들었다.

잠시 시위 소리가 주춤하더니 사람들이 자리에서 하나둘 일어나고 무리가 술렁이기 시작했다. 한 사람이 학교 본관으로 보이는 건물을 손으로 가리켰다. 술렁임이 파도처럼 퍼져 사람들이 일제히 일어나 빠르게 건물 입구로 걸음을 옮겼다.

"저기, 저기!"

"아악!"

한 학생이 넘어지며 찢어질 듯한 소리를 냈고, 그 소리가 신호탄이 되어 학생들은 구름떼처럼 건물 입구로 우르르 모여들었다. 무슨 일인지 알 수 없었지만 긴박함이 느껴져 리수연은 마른침을 꿀꺽 삼켰다.

"장사꾼 총장은 물러나라! 물러나라!"

건장한 남자들이 나타났고 손을 뻗어 학생들을 막아섰다. 더 이상 접근하는 것을 막으려는 행동이었다. 경호원으로 보이는 남자들이 둘러싼 안쪽에 총장으로 보이는 사람이 있었다. 총장을 발견한 학생들이 소리를 질렀다. 자기 이익을 챙기기 위해 총장이 된 사람이라고 생각하니 수연은 저도 모르게 눈살이 찌푸려졌다.

경호원들의 보호 아래 총장은 검은 승용차에 가까스로 올라 탔다. 총장을 태운 차는 순식간에 학교를 빠져나갔다. 학생들의 아쉬움과 안타까움이 섞인 소리가 한동안 이어졌다.

수업이 끝났다는 엄마의 전화를 받았을 때 리수연은 도서관 책장 이곳저곳을 정처 없이 기웃거리고 있었다. 몇 시간 전에 본 광경에 대한 궁금증으로 아무것도 눈에 들어오지 않았다.

엄마는 리수연도 알고 있는 김 여사님과 얘기를 나누고 있었다.

"이제 여기도 총장을 직접 뽑을 거 같은데?"

"네에? 그게 무슨 소리예요?"

"비리 총장 쫓아내고 이제는 학생과 졸업생들이 투표로 총장을 뽑게 될 거라고. 예전에도 그런 일이 있었어. 부패한 인물이 학교를 나가봐야 그 뒤에 오는 인물 역시 별로 다를 게 없을 거란 판단에 학생들이 직접 깨끗하고 유능한 총장을 뽑겠다는 거지."

"아, 그렇군요."

엄마와 리수연이 동시에 고개를 끄덕였다.

"근데, 아무리 그래도 총장이면 여기 우두머리 아닙니까? 그렇게 쉽게 물러나겠어요?"

이번엔 김 여사님이 고개를 끄덕이며 말했다.

"쉽게 물러나진 않겠지. 그래도 대통령도 쫓아낸 마당에 총장은 못 쫓아낼까."

엄마는 통일 전 남조선에서 벌어진 대통령 탄핵 사건을 알고 있었다. 북조선이 아무리 통제를 해도 한국에서 벌어지는 굵직한 소식은 듣고 있었다. 중국에 친척이 있는 사람에 한해 최대 1년까지 체류 허가가 공식적으로 가능했고, 북쪽 사람들은 그곳에서 남조선 뉴스를 보고 남북의 정치적 이슈를 알게 되는 경우가 많았다. 그 외에도 소식통은 얼마든지 있었다.

"이제 여기도 총장은 학생들이 뽑는 진정한 민주화가 이루어져야 해. 총장 직선제만이 아니라 동네에서 일어나는 모든 일들이 민주적으로 이루어져야지. 참, 수연이 이번에 회장 선거에 나간다며?"

리수연은 부끄러운 마음에 시선을 떨구었다.

"네."

"수연이가 회장이 되면 잘할 거야. 엄마 닮아서 반듯하고 야무지고 말이야. 또 내가 사람 보는 눈이 있다고."

"너무 띄우지 마세요."

엄마가 말리자 김 여사님은 리수연을 보고 씽긋 웃었다.

김 여사님과 헤어지고 엄마와 리수연이 들어간 곳은 대형 찜질방이었다. 통일시에도 이런 규모의 시설 좋은 곳이 있지만 남조선의 찜질방은 기분부터가 달랐다. 또 잠도 식사도 해결할 수 있으니 더 바랄 것이 없었다.

엄마는 깨어있을 때와 다름없이 곱고 단정한 얼굴로 잠들어 있었다. 리수연은 엄마 옆에 나란히 누워 휴대폰으로 인터넷 검색을 했다. 저녁때부터 계속 궁금했던 대통령 탄핵을 쳐보았다. 엄마가 잠깐 부연설명을 해주었지만 더 자세히 알고 싶었다. 국민이 선거를 통해 뽑았지만 맡은 일을 제대로 수행하지 않으면 그 자리에서 물러나게 할 수 있다. 뽑혔다고 끝난 것이 아니다. 학생 대표를 꿈꾸는 리수연이기에 그냥 지나칠 얘기가 아닌 것만 같았다.

여러 개의 동영상 중 하나를 재생시키자 정말 엄청난 사람들이 촛불을 들고 시위를 하고 있었다. 오늘 저녁 대학 내에서 보았던 시위와는 분위기가 달랐다. 좀 더 차분하고 평화로운 분위기 속에서 수많은 촛불은 꽃을 피운 것처럼 아름답게 보일 정도였다. 높은 단상에 오른 누군가가 마이크를 잡고 자기 생각을 발표했다. 대통령이 물러나야 하는 이유와 행복하고 정당한 세상을 꿈꾼다는 얘기를 했다. 다음에 마이크를 잡은 사람은 리수연과 비슷한 또래의 여학생이었다. 소녀의 당차고 똑 부러진 목소리가 광장에 울렸다. 많은 사람이 소녀의 말에 호응을 하고 박수를 보냈다. 또 많은 사람이 소통이 안 된다며 대통령을 비난했다. 짧은 시간이었지만 리수연이 판단하기에 그 대통령은 남의 말에 귀를 기울이지도 않고 남의 의견을 받아들이지도 않았으며, 또 떳떳하지 않은 많은 것을 숨기는 사람인 모양이었다.

만약 학교와 학생에겐 눈곱만큼의 관심도 없고 자기 잘난 맛에만 사는 서재원이 회장이 된다면 이 학교는 어떻게 되는 걸까? 지금처럼 북과 남으로 나뉘어 서로 무관심한 채 고등학교 시절 내내 대학 입시만 준비하게 될 것이다. 정말 암담하다. 대학교에서 본 시위현장이 다시 떠올랐다. 제대로 된 리더는 잘못된 것을 바로잡을 수 있다. 반대로 잘못된 리더는 잘못을 저지른다. 내가 된다면 적어도 어느 한쪽을 소외시키지는 않을 것이다. 모두 함께 잘 지내고 싶은 것이 리수연의 진심이다. 정말 이번 선거에서 꼭 당선되고 싶다.

하지만 대통령 탄핵과 촛불 시위 영상에서 보았듯, 리더가 제대로 못 하면 큰일이 벌어진다. 그래도 서재원 보다는 낫지 않을까? 아니, 자신 있다. 통일한국 제1고등학교에 걸맞은 회장은 서재원이 아니라, 나 리수연이다.

　　　　　　　　　　　* * *

　서재원은 노트에 적은 박영민 이름에 'X' 표시를 했다. 박영민
의 포기로 이제 후보는 넷이 되었다. 서재원, 강철민, 리수연, 남대
성. 상황이 더 복잡해진 것 같지만 서재원은 본인의 승리를 확신
했다.

　아빠가 일러준 대로 박영민의 집안 얘기를 들고 나온 건 잘한
일이었다. 그런 사실을 알고도 박영민을 찍을 북쪽 아이가 몇이나
될까? 중요한 것은 사람의 마음이다. 선거든 정책이든 인간은 이
성이나 사상이 아닌 마음으로 움직인다고 했다. 정치는 인간의 뇌
를 설득하는 게 아니라 마음을 얻는 일이다. 박영민의 포기는 현
명한 선택이다.

　차별이니, 기회의 균등이니 하는 박영민의 말이 거슬리긴 했지
만 그런 말은 약자들의 논리일 뿐이다. 난 차별에 찬성한다. 그리
고 나뿐만이 아니라 대부분의 사람들이 차별에 찬성한다. 내가 지
금까지 열심히 노력해서 쌓아온 스펙과 실력을 정당하게 평가받
고 그에 따른 대가를 받는 것이 뭐가 잘못됐단 말인가. 그리고 그
걸 반대할 사람이 어디 있겠는가. 물론 잘난 부모 만나서 좋은 환
경에서 교육받고 부가 세습되고 어쩌고…… 하는 말들도 있다. 그
렇다면 기구한 자신의 운명을 탓할 것이지 나한테 뭐라 할 일이
아니다.

박영민이 떠났어도 북쪽은 어차피 두 명의 후보가 나왔으니 둘로 쪼개질 게 뻔하다. 남대성이 나왔지만 누가 남대성에게 표를 줄까? 남대성이 인간성이 좋다고? 쳇! 인간성 좋은 거 하나로 뭘할 수 있단 말인데? 회장이 인간성 하나로 할 수 있는 걸까? 절대아니다.

　나도 아이들이 날 어떻게 생각하는지 잘 알고 있다. 싸가지 없고 남 무시한다고 재수 없다며 떠든다는 사실을 알고 있다. 그리고 이것도 알고 있다. 그렇게 욕하면서 날 보는 눈엔 선망의 눈빛이 가득하다는 것도. 모두 날 욕하지만 나처럼 되고 싶어 안달이다. 적어도 나처럼 될 수 없다는 걸 진작에 깨달아도 내 옆에 있으면 꼭 나와 같은 레벨이 된 것처럼 으스대는 놈들도 많다. 그런 놈들과 상대하는 게 피곤하긴 하지만 이것도 좋은 인맥과 내 편을 만들기 위해 어쩔 수 없는 일이다.

　당연히 날 못마땅하게 여기는 애들이 강철민의 나에 대한 비난에 동조할 수도 있다. 과격하고 공격적인 비난엔 열광적인 추종자들이 생기고 한동안은 따르기 마련이다. 하지만 비난과 비판에는 쉽게 흥분하여 동조할 수 있지만 그것도 거기까지가 한계. 미래의 계획이나 구체적이고 긍정적인 제안 없이 비난만 냅다 하는 후보가 회장감으로 미더운 사람은 없다. 중요한 것은 긍정적인 비전, 리더에게 요구하는 것은 그런 것이다. 강철민은 그게 없다. 죽었다깨나도 강철민에게서 나올 수 없는 것을 난 가지고 있다.

21장
마지막 날

마지막 수업이 끝나자 리수연은 숨을 크게 들이마셨다. 강철민 앞에 선다는 생각만으로도 의자에서 엉덩이가 떨어지지 않았다. 누군가가 리수연의 어깨를 짓누르고 있는 것만 같았다.

며칠 동안 선거 상황은 급변하게 돌아갔다. 박영민이 후보 연설을 한 다음 날 바로 포기를 해버렸다. 그땐 기쁨보다 당혹감이 더 컸지만 리수연에게 분명 유리한 상황이었다. 아무리 북쪽 남자애들이 리수연을 싫어한다고 해도 리수연을 찍을 수밖에 없으리란 생각이었다. 하지만 그런 기대는 얼마 못가 빗나가 버렸다. 며칠 뒤 뜬금없이 강철민이 후보로 출마하겠다며 나섰기 때문이었다. 남자애들의 열광 속에 전세는 바로 역전되었다. 희망이 컸던 만큼 실망도 컸다. 한마디로 추락하는 기분이었다. 그런데도 이상하게 리수연의 전교 회장에 대한 열망은 점점 더 커져만 갔다. 정말 잘 해보고 싶었다. 이 학교의 아이들이 조금이라도 행복하게 지낼 수 있는 데 도움이 되고 싶었다. 그것만큼은 진심이었다. 결국 강철민에게 직접 부탁해 보자고 마음먹게 되었다.

남보배를 통해 남쪽 여자애들을 설득할 수 있지 않을까 생각했지만 어림없는 바람이었다. 자신감까지 추락하여 막다른 골목에 다다른 심정이었다. 그래도 희망은 있다. 후보는 남쪽 둘과 북쪽 둘, 모두 넷이다. 강철민을 설득하면 승산이 있다. 강철민을 설득한다는 것이 말이 안 될지도 모르지만 해보지도 않고 포기하는 것도 리수연에겐 말이 안 되는 일이다.

"강철민과 너희들에게 하고 싶은 말이 있어."

리수연은 교탁을 선택했다. 강철민만이 아닌 아이들 모두가 들어야 할 얘기였기 때문이다.

청소를 시작하려는 아이들의 시선이 리수연에게로 향했다. 리수연을 보는 강철민의 눈빛이 강렬했다.

"돌리지 않고 바로 말하겠어. 강철민, 부탁해. 날 밀어줘. 자리를 양보해줘."

강철민은 리수연의 말에 코웃음 쳤다. 짧은 순간 바짝 조였던 마음이 탁 풀리면서 터지는 웃음이었다.

"말도 안 돼는 소리 하지마라!"

최대철이었다. 남자애들 역시 이 상황이 어이없다는 듯 실실거리기 시작했다.

"지금 상황은 우리에게 유리해. 우리가 단합하기만 한다면 북쪽 출신이 회장이 되는 건 어렵지 않아. 그러니까 강철민, 네가 양보해 줬으면 좋겠어."

"그럼 네가 양보하면 되겠네."

"난 진정으로 회장이 되고 싶어. 큰 자리를 차지하고 싶어서가 아니라 이 학교와 아이들을 위해서 열심히 뭔가를 해보고 싶어."

전혀 예상치 못했던 리수연의 행동에 강철민은 좀 놀랍기도 했지만 상황이 본인에게 유리하게 돌아가고 있다는 반증이라 불쾌하지는 않았다.

"너희들이 원하는 게 북조선 출신의 회장을 만드는 거라면 강철민이 양보하면 되는 거야."

"그러니까 강철민이 되면 되잖아!"

"자기가 양보하면 되는 거지 왜 남 보고 양보하라 마라야?"

"그래, 리수연 네가 우리 북조선을 위해 양보해라."

리수연이 고개를 가로저었다.

"아니, 강철민의 국적은 남조선이야."

순간 강철민과 아이들이 멈칫했다.

"북조선에서 태어났다고 해서 북조선 사람이라고 할 수는 없어. 강철민은 남조선에서 10년이나 살았어. 북조선에 대해 얼마나 안다고 생각해? 북조선 보다 이곳에서 더 많은 시간을 보냈다고. 안 그러니?"

리수연의 말에 반박하는 아이는 없었다. 강철민은 예상 못한 반격에 정신이 번쩍 들었다.

"그래서 내가 적격이라는 거야. 남과 북, 모두 겪은 내가 통일한국고등학교의 회장으로 너보다 더 낫다고!"

강철민의 격양된 말에 그제야 아이들이 하나둘 거들며 나섰다.

"그래, 강철민이 딱이야."

"그래, 강철민이야!"

리수연이 더 소리 높여 또박또박 말했다.

"강철민은 우리 편에 서서 우리를 위해 출마한다고 했어. 하지만 네가 우리에 대해 뭘 안다고 그러니? 조선이 통일되면서 조국이 허물어지는 경험을 했니? 조국이 붕괴되는 10년 동안 우린 그곳에 있었어. 우리 부모님과 우리가 북조선에서 핍박받고 힘들게 살아가는 동안 너는 남한에서 잘 먹고 잘 살고 있었어."

리수연의 말에 주변 분위기가 확 바뀌는 것이 느껴졌다. 강철민은 벌떡 일어나 소리쳤다.

"잘 먹고 잘살았다고? 뭣도 모르면서 그런 소리 하지말라!"

잘 살았다니, 말도 안 되는 소리다. 차별과 무시로 점철된 시간이었다.

"너 역시 모르면서 함부로 떠들지 말라! 남조선에서 탈북자로 산다는 게 어떤 건지 너는 죽었다 깨나도 몰라!"

강철민이 목에 핏대를 세우며 리수연을 비난했다. 리수연은 최선을 다해 감정을 억누르고 싶었지만 자기도 모르게 큰소리가 나왔다.

"그래, 난 몰라. 넌 우리와 다르니까! 넌 우리를 이해 못 해! 왜 우리가 그렇게 박영민 할아버지로 인해 감정 정리가 안되는지, 넌 몰라. 북조선이 붕괴하고 하루가 멀다 하고 벌어지는 복수와 응징으로 우린 불안과 두려움 속에서 살았어."

소식을 들은 다른 반 아이들이 하나둘 교실로 들어오는 모습이 보였다. 다행히 이곳에 박영민은 없었지만 할아버지 얘기를 또 언급하는게 곤혹스러웠다.

남조선, 대한민국은 법치국가다. 과거청산 역시 법으로 심판했다. 하지만 법에 따라 가해자가 처벌을 받을 때까지 피해자는 그 지난한 시간을 기다릴 수 없었다. 기다려도 제대로 속 시원하게 처벌을 받는 사람도 드물었다. 수용소에서 훼손된 신체와 응어리진 마음을 법이 헤아려주길 기대했던 마음은 산산조각이 나버렸다. 언젠가부터 피해자 청년들을 중심으로 조직이 만들어졌고, 그들은 가해자들을 직접 찾아다니며 울분을 풀었다. 그 현장은 아수라장이었다.

"넌 박영민을 반대하는 우릴 이해 못 했어. 할아버지 일이 무슨 상관이냐고 했지. 네가 이해 못하는 건 당연해. 넌 우리와 다르니까!"

강철민이 악 소리를 내며 옆 창문을 주먹으로 쳤다. 퍽 소리와 함께 주변에 있던 여자아이들이 놀라 비명을 질렀다. 남자애들이 강철민을 둘러싸고 주먹을 살폈다.

"야, 휴지!"

"철민아, 나가자."

강철민은 자기를 끌고 가려는 최대철의 손길을 뿌리쳤다. 이대로 자리를 뜨면 피하는 것만 같아 싫었다. 평소 비겁해 보이느니 죽는 게 낫다고 생각하는 강철민이었다.

리수연도 뒤로 주춤할 정도로 깜짝 놀라고 말았지만 강철민의 이글거리는 눈빛을 보자 오히려 마음이 진정되었다. 강철민이 회장이 된다면 시도 때도 없이 욱하는 회장이 될 것이다.

"북조선을 위한다면 나한테 양보해줘."

"리수연, 그만하라!"

"그만하라!"

강철민 주변의 남자애들이 하나둘 리수연을 말리고 나섰다.

"너희들에게도 궁금한 게 있어. 왜 내가 회장이 되면 안 된다는 거지? 여자라서?"

남자애들은 리수연의 질문에 괴롭다는 표정을 지어 보였다.

"리수연! 그만하라고!"

"아니, 말리지 마! 계속 떠들어 보라고 해!"

강철민이 자신을 잡고 있는 손들을 뿌리치고 의자를 끌어다 앉았다. 아이들도 한숨을 푹푹 쉬며 하나둘 자리에 앉았다.

"이 통일시 통일한국 제1고등학교에서 우린 약자가 분명해. 남조선에 대해선 모르는 것도 많고, 서툴고. 하지만 난 내가 약하거나 모자란 인간이라고 생각하지 않아. 난 자기들이 강하다고 착각하고 있는 사람들에게 나도 해낼 수 있다는 걸 보여주고 싶어. 하지만 그건 나 혼자 할 수 있는 일이 아니야. 힘을 합쳐야 해."

남자애들은 강철민의 눈치를 보는 건지 딱히 할 말이 없는 건지 아무 대꾸도 하지 않았다.

"힘을 합치면 아무리 약해도 강해질 수 있어. 난 이번 선거를 통해 우리를 무시하는 사람들에게 그걸 보여주고 싶어. 이건 너희들도 원하는 거라 생각해."

강철민은 시선을 바닥에 둔 채 아무 말도 없었다. 리수연도 하고자 했던 말을 모두 쏟아냈기에 더 이상 할 말이 없었다. 곧 강철민이 자리에서 일어나 교실을 나갔다. 아이들이 그 뒤를 따랐다. 남은 아이들은 주섬주섬 교실 청소를 시작했다.

리수연은 하고 싶은 말을 모두 토해내서 그런지 기분이 나쁘지는 않았다.

* * *

시간 가는 줄 모르고 일하던 김승일 선생은 주변이 너무도 조용하다는 사실을 문득 깨닫고 교무실을 둘러보았다. 늦도록 불 켜진 교무실에 남아 있는 사람은 김승일 선생뿐이었다. 시계를 보니 식사 시간이 지난 지 오래였다. 옆에서 끼니를 챙겨주는 사람, 함께 밥 먹자는 사람이 없어도 허전함을 느끼지 못하는 건 요즘 김승일 선생의 관심이 온통 학생회장 선거에 쏠려 있기 때문이었다.

어느 쪽 아이들이든, 민주적인 방식이 바로 다수결 투표로 결정되는 것이라고 생각하는 건 아닌지 걱정이 앞선다. 이는 곧 다수가 원하는 것은 옳고 바른 것이며, 그것이 옳지 않아도 다수가 원하면 그렇게 해야 하며 소수는 참아야 한다는 것을 정당화하게 되는 건 아닐까. 그것 역시 폭력이다. 소수자들도 함께 살아가야 한다. 그들도 이 나라의 주권을 가진 국민이고 그들에게도 이 땅에서 행복하게 살 권리가 있다.

얼마 전 동네 주민들의 반대로 유치원이 세워지는 걸 무산시킨 뉴스를 봤다. 유치원은 쓰레기 매립장과 같은 혐오시설이 아니었는데도 또 다른 이유로 설립을 반대했다. 유치원 통학 버스가 상주하면 교통이 불편해지고 아이들이 시끄럽다는 이유였다. 유치원 부족으로 고생하는 사람들을 생각하면 이건 정말 너무한다. 결국 젊은층이 상대적으로 적은 지역에서 다수결로 결정된 것이나 다름없었다. 지역이기주의의 끝은 어디일까.

이런 다수제 민주주의의 단점을 극복할 수 있는 제도가 필요하다. 소수의 중요한 이해관계를 보호하고 거부권도 행사할 수 있는 제도가 만들어져야 한다.

한때 자본주의의 소외에 환멸을 느끼던 시기엔 사회주의 서적이 인기를 끌었다. 동유럽의 사회주의 체제 붕괴와 소련의 해체에도 불구하고 병든 자본주의를 고칠 체제는 사회주의라는 것이었다. 물론 사유재산을 전면 부정하는 그런 사회주의는 아니다. 하지만 사회주의든 자본주의든, 그 어떤 경제체제든 아무리 그 나이만큼 진보하고 성숙해진다 해도 다시 1885년 사회주의 동맹 선언에 적힌 문구로 돌아가야 한다. "경제적 변화는 반드시 그에 상응하는 윤리의 혁명을 동반해야 한다." 윤리는 옳고 좋음을 선택하는 기준이 되는 가치관일 테다. 아무리 완벽한 체제가 나타난다 해도 가치관의 혁명이 일어나지 않는 한 바뀌는 것은 아무것도 없다.

22장
결전의 날

선거 당일, 서재원은 부스스한 얼굴로 잠자리에서 일어났다. 눈을 뜸과 동시에 두 이름이 떠올랐다. 강철민과 남대성이었다.

'이 미친 새끼들······.'

2주일 전 후보 등록을 하고 오늘에 이르기까지 남대성이 선거를 위해 한 일은 아무것도 없었다. 도대체 무슨 꿍꿍이인지 그 속을 알 수가 없었다. 분명 자기를 떨어뜨리기 위해 후보로 나선 것이 분명해 보이지만 그렇다고 뭘 보여주는 것도 아니니 통 종잡을 수 없었다. 또 강철민은 목에 핏대를 세우며 지겹도록 서재원을 비난했다. 요점은 서재원은 나쁜 놈이고, 너희를 위한 난 착한 놈이라는 얘기였다.

남대성은 다른 때보다 일찍 눈을 떠 잠자리에 누운 채로 연설문을 읽어보았다. 자기가 생각해도 썩 괜찮아서 마음이 흡족했다. 남대성은 선거에 나가는 사람 중 자기처럼 이렇게 마음 편한 사람은 없을 거란 생각에 더 신이났다. 승부에 상관없이 그것 자체를 즐기는 것은 정말 즐거운 경험이다.

그 시각, 강철민은 이미 학교 운동장에서 구깃구깃한 연설문을 손에 들고 오늘 일어날 일들을 그려보았다. 긴 시간은 아니었지만 한 달 정도의 날들이 주마등처럼 스쳐 갔다. 바로 어제까지의 일들이 마치 아주 오래전의 일처럼 느껴졌다. 꼭 초등학교를 졸업하고 몇 년 만에 찾아와 친근하면서도 낯선 공기를 마시며 옛날 일을 떠올리는 기분이 들었다.

박영민은 책상에서 책을 챙기다 휴대폰에 시선이 갔다. 잠시 머뭇거리다 전화기 속 연락처에서 리수연이란 이름을 찾아 문자창을 열었다. 연락처는 학기 초부터 가지고 있었지만 한 번도 연락을 주고받은 적은 없었다. 이런 일 자체가 어색하기도 하고 적당한 말도 떠오르지 않았다. 고민 끝에 담담한 척 어떤 특수문자도 없이 문자를 작성했다.

─오늘 좋은 결과 있길 바란다. 박영민이.

거울 앞에서 머리를 빗던 리수연은 박영민의 문자를 받고 피식 웃음이 나왔다. 북쪽 남자애에게 처음으로 받는 응원이었다. 그동안 너무 얼어붙어 있어서였는지 문자 한 통이 무척 따뜻하게 느껴졌다.

― 고마워. ^^

오늘 학교의 공기는 여느 때와 확연히 달랐다. 지금까지 남대성이 다녔던 그 곳이 아니었다. 남대성은 새롭고 신선한 공기를 가슴 깊이 담아두려 숨을 크게 들이마셨다. 아이들이 남대성을 툭 치면서 장난을 걸었다.

"어이, 남 회장!"

"이게 누구야, 남 회장이잖아!"

"그래, 남 회장님이시다."

"하하하, 미친놈!"

머리를 치고 도망치는 친구들에게 남대성이 소리쳤다.

"니들, 나 안 찍으면 죽는다!"

교실 안 아이들도 모두 들떠 있었다. 선생들에겐 무척 고된 하루가 시작되었다.

점심시간이 끝나고 시작된 5교시에는 전교생들이 학교 강당에 모였다. 네 후보 중 유일하게 남대성만 싱글거리는 얼굴로 앉아 있었다. 박영민이 빠진 기호 2번이 남대성의 번호가 되었고 강철민이 4번이었다.

"자, 이제 통일한국 제1고등학교 제1대 학생회장 선거 후보들의 연설이 있겠습니다. 기호 1번 서재원 군은 단상으로 올라오세요."

서재원의 좀 더 진지해진 모습에 아이들도 흥미를 느끼며 숨을 죽이고 지켜봤다. 서재원은 연설대 위에 연설문을 올려놓고 예의 바른 자세로 아이들을 향해 머리를 숙여 인사했다. 아이들을 보는 서재원 얼굴은 진지했지만 어둡거나 무겁지 않았다. 적당히 진지하면서 자신감이 느껴졌다.

"안녕하십니까, 진정한 통합과 소통이 있는 학교, 통일한국의 진정한 리더들의 학교를 만들고자 이 자리에 선 기호 1번 서재원입니다."

교장은 팔짱을 끼고 흐뭇한 얼굴로 서재원을 보았다.

"우리 학교는 통일한국 최초의 남북통합 고등학교로 진정한 통합과 통일을 이루기 위해 세워진 곳입니다. 이곳에 다니는 우리는 당연히 그런 정신을 이어받아 통일한국을 위해 공부하며 통일한국을 이끌어갈 미래의 리더가 되어야 한다고 생각합니다. 통일한국은 이제 세계 어느 곳과 견주어도 자원과 기술, 어느 면에서도 경쟁력이 떨어지는 나라가 아닙니다. 앞으로 이런 나라를 이끌어갈 글로벌한 인재가 필요합니다. 그러기 위해서 저는 학생을 대표하여 몇 가지 제안을 하고자 합니다."

서재원의 말투는 더 단호하고 힘이 넘쳤다. 쩌렁쩌렁한 목소리가 강당 안에 울렸다.

"통일한국은 자유민주주의 국가입니다. 개인의 자유를 존중하는 곳입니다. 그런 곳에 세워진 통일한국 제1고등학교는 타 학교의 모범이 되기 위해 민주적인 학교가 되어야 한다고 생각합니다. 글로벌한 인재는 누군가의 지시가 아닌 스스로 생각하고 판단하여 행동하는 인재입니다. 세계 어느 곳에 가도 동등하게 경쟁할 수 있기 위해선 무엇보다 창의력이 중요하다고 생각합니다. 하지만 모두 똑같은 곳에 똑같은 옷을 입고 똑같은 시간에 똑같은 수업을 받아서는 다양하고 창의적인 생각을 할 수 없습니다."

연설이 후반으로 갈수록 목에 무리가 갔는지 쉰 소리가 섞여 나왔다. 그 어느 때보다도 열정과 의지가 넘치는 서재원이었다. 연설을 마치자 아이들 역시 그 열정에 답하듯 박수 소리가 힘차게 울렸다.

남대성 역시 진지한 태도로 단상에 올라 연설대 앞에 섰다. 아이들을 둘러 본 뒤 뒤로 물러나 허리를 굽혀 인사했다.

"안녕하십니까, 영광의 통일한국 제1고등학교 1학년 3반 기호 2번 보통 남자, 하지만 학교와 학우를 향한 사랑만큼은 보통이 아닌 뜨거운 가슴을 가진 남자, 크게 될 놈, 남대성입니다."

남대성은 후보로 등록한 그 날부터 연설문 작성에만 매달렸다. 뒤늦게 시작하여 선거 운동을 한다 해도 얼마나 하겠으며, 아이들에게 강한 인상을 남기기 위해서는 조용히 죽은 듯이 있다 선거일에 결정적인 한 방을 날리는 게 좋을 것 같았다. 그동안 나대지도 까불거리지도 않고 지낸 것도 모두 오늘의 반전을 위해서였다.

"저 보통 남자 남대성은 말 그대로 평범한 보통 학생입니다. 성적도 외모도 뛰어나지 않고 그렇다고 남다른 특기가 있는 것도 아닙니다. 길거리 어디에서나 볼 수 있고 한두번 봐서는 기억도 안 나는 그런 학생입니다."

보통 사람 이미지를 밀고 나가자는 것은 아빠의 생각이었다. 잘나지도 못나지도 않고 특색도 없는 단점을 오히려 내세워 공감을 얻음으로써 강점으로 만들자는 것이었다. 남대성은 그 아이디어가 꽤 재미있고 마음에 들어 킥킥대며 아빠와 하이파이브를 했다.

"이런 평범한 제가 왜 학생회장을 하러 나왔느냐 하면 여러분들에게 희망이 되고자 나온 것입니다. 이런 평범한 저도 학생회장이 될 수 있고 이 학교를 잘 이끌어 갈 수 있는 모습을 보여주면 다른 누군가에게 희망이 되고 용기를 낼 기회가 되지 않을까요? 학생회장의 조건이 뭐라고 생각하십니까? 공부? 집안? 외모? 절대 아닙니다. 무엇보다 중요한 건 뜨거운 가슴입니다. 학교와 학우들을 가슴으로 사랑하는 뜨거운 사람이면 그 어떤 조건과 능력보다도 뛰어난 학생회장의 자격을 갖춘 것이라고 생각합니다."

남대성은 문장과 문장 사이에 아이들의 반응을 살폈다. 아이들의 밝은 표정으로 보아 자기 연설을 꽤 마음에 들어 한다는 사실을 알 수 있었다. 성공이었다. 아이들이 장난으로만 받아들이면 어쩌나 싶었지만 다행이었다.

리수연의 심정은 복잡해졌다. 남대성의 연설이 참 신선하다 싶으면서도 온전히 귀담아 들을 수는 없었다. 연설을 앞두고 긴장도 되고 옆에 앉은 강철민의 존재도 불편했다.

"저로 말씀드릴 것 같으면…… 저희 친가는 남쪽이고 저희 외가는 북쪽으로 아버지와 어머니의 결혼으로 진정한 남북통일을 몸소 보여준 가문이라면…… 얼마나 좋겠습니까? 하지만 그런 출생의 비밀 하나 없는 저는 그야말로 평범함 그 자체입니다."

"뭐야……."

"미친놈……."

아이들이 웅성거렸다.

"여러분들은 통일 전 남쪽의 한 기업 회장님이 소를 몰고 북으로 간 사실을 알고 있습니까? 그 소는 그냥 소가 아니었습니다. 통일의 염원을 담고, 남과 북을 잇는 오작교 같은 역할을 하는 소였습니다. 저는 이 통일한국 제1고등학교를 위해 소가 되겠습니다. 소처럼 꾀부리지 않고 열심히 활동하여 남과 북을 잇는 소가 되겠습니다! 마구 부려주십시오! 이 몸이 닳고 닳아 없어질 때까지 충성하겠습니다. 이상으로 크으으으게 될 놈, 남대성이었습니다."

남대성의 연설이 끝났다. 아이들은 단상에서 내려오는 남대성에게 손뼉을 쳐주었다. 남대성은 허연 이를 드러내며 시원하게 웃어 보였다.

리수연이 단정한 모습으로 단상에 올랐다. 웅성거리는 소리로 가득한 강당이 다시 조용해졌다. 조금 떨어진 후보자 자리에서 뜨

거운 눈길이 느껴졌다. 강철민이었다. 리수연은 숨을 크게 들이마
시고 내쉬었다.

"안녕하십니까! 저는 이 학교의 학생회장이 아닌 행복한 통일
한국 제1고등학교를 만들고 싶어 나온 기호 3번 리수연입니다. 저
는 어떤 공약도 가지고 있지 않습니다. 전 저를 내세우지 않겠습
니다. 직접 여러분의 의견들 하나하나를 들어보고 학우들이 원하
는 것이 무엇인지 알아가겠습니다."

지난 며칠동안 리수연은 남조선에 보고 들은 것들을 떠올리며
연설문을 작성했다.

"제 꿈은 우리가 차이와 다름을 인정하고 화합하는 것입니다.
여러분과 함께 그 방법을 찾아내고 싶습니다. 제 얘기에 실망하셨
나요? 좋은 대학, 좋은 직업이 더 중요하겠죠?"

아이들 하나하나가 눈에 들어왔다.

"우린 앞으로 대학도 가고 사회에도 나갈 것입니다. 우린 어디
에서든 남과북, 여자와 남자, 또 많이 다른 사람들과 평생 함께 살
아야 합니다. 그런데 이해와 소통, 화합과 통합이 중요하지 않다고
생각하십니까? 우리의 학교는 통일한국의 첫 통합 고등학교입니
다. 전 이곳에서 우리가 해야 할 것이 통합과 화합이라고 생각합
니다. 전 여러분과 이 꿈을 함께 이루고 싶습니다."

리수연의 콧등에 맺힌 땀이 햇볕을 받아 반짝였다.

* * *

어두운 방에서 뒤척이던 리수연은 휴대 전화를 꺼내 시간을 확인했다. 새벽 2시가 넘은 시각이었다. 한밤중에도 낮처럼 밝은 서울과 달리 통일시의 밤은 밤처럼 깜깜했다. 오늘은 쉽게 잠을 이룰 수 없을 것 같아 손을 뻗어 스탠드를 켰다. 하루 정도 잠을 안 잔다고 큰 일이 날 것도 아니고, 오늘 같은 날 잠을 이루지 못하는 게 당연하다.

어제는 리수연의 일생에서 가장 긴 하루였다. 아침에 박영민의 문자를 받은 때부터 기억을 떠올려 보았다. 그때까지만 해도 그날 벌어질 일을 짐작조차 하지 못했었다. 리수연이 후보 연설을 마친 뒤 강철민이 단상에 올라 외쳤다.

"나 강철민은 기권하겠습니다."

리수연은 자기 귀를 의심했다.

"이번은 리수연에게 양보하지만 언젠가는 너희들 나에게 투표할 날이 올 거야. 잊지 말고 꼭 투표해라! 나 강철민, 잊지 마!"

그러고는 단상에서 내려와 버렸다. 그것으로 끝이었다. 더 이상의 말이나 설명도 없었다. 잠시 당황스럽긴 했지만 이내 감동이 밀려왔다. 처음으로 강철민이 조금 멋있긴 하다고 생각했다. 북쪽 여자애들은 박수를 치며 좋아했고 남자애들도 그렇게 당황하거나 반발하지는 않았다. 리수연은 그것이 더 고마웠다.

세 후보의 상반된 표정도 떠올랐다. 부회장이 된 서재원의 얼굴은 하늘이 무너진 모습을 본 사람이었다. 남대성은 떨어지고도 기분이 꽤 유쾌해 보였다. 무슨 생각으로 출마한 것인지 알 수 없었지만 남대성은 결과에 만족하는 것이 분명했다. 강철민은 무거운 마음을 내려놓아서인지 얼굴이 밝아 보였다.

리수연은 기쁜 만큼 점점 두려워지기도 했다. 어제 연설에서 했던 말들을 모두 지켜야 한다는 책임감에 마음도 묵직하게 느껴졌다. 아이들이 자기에게 준 신뢰와 기대를 생각하면 또 힘이 불끈났다. 물론 리수연이 마음에 들어 뽑은 표는 반도 되지 않을 것이다. 그래도 자기를 선택해 준 아이들을 위해 진심으로 열심히 하고 싶다. 남대성이 말한 소처럼 말이다. 예전엔 남쪽에서 소를 보냈지만 이 통일한국 제1고등학교에 소를 보낸 곳은 북쪽이다. 리수연은 북에서 온 소가 어떤 소인지 제대로 보여주겠다고 다짐했다.

작가의 말

    제가 좋아하는 이야기 한 가지를 소개해 드리겠습니다. 한적한 바닷가 마을에 성공한 사업가가 잠시 들르게 되었습니다. 마침 그 마을에 사는 어부가 물고기를 잡는 모습을 보게 되었지요. 행색이 초라한 어부는 아직 해가 지려면 한참 멀었는데도 짐을 챙겨 떠나려 했습니다. 궁금한 마음에 사업가가 물었습니다. 왜 물고기를 더 잡지 않느냐고요. 어부는 오늘 먹을 만큼 물고기를 잡았으니 집으로 돌아가는 거라고 말했습니다. 사업가는 혀를 차며 자기라면 좀 더 잡아서 남은 물고기를 팔아 돈을 벌겠다고 했습니다. 그러자 어부에게서 "돈을 벌어서, 그다음에는요?"라는 물음이 되돌아 왔습니다. 사업가는 그렇게 생긴 돈으로 더 좋은 낚싯대를 사서 더 많은 물고기를 잡아 팔겠다고 했지요. 어부가 또 "그다음에는요?"

라고 물었습니다. 회장은 그다음에는 배를 사고 가게를 내고……,
하며 계속 반복되는 어부의 물음에 사업을 확장하고 재산을 불려
가는 과정을 들려주었습니다. 더 이상 돈을 벌 필요가 없을 만큼
부자가 되었을 때 어부가 또 물었습니다. "그다음에는요?" 그러자
사업가가 말했습니다. "그다음에는 이런 곳에 와서 물고기나 잡
으면서 여유 있게 보내는 거죠." 그러자 어부는 별것 아니라는 듯
"저처럼 말이지요?"라고 말했습니다.

　지난 1년도 되지 않은 짧은 기간 동안 많은 일들이 벌어졌습니
다. 국내외의 정세는 우리의 예측을 벗어나는 방향으로 흘렀지
요. 모두 크고 굵직한 일들로 세상이 급변하는 것만 같습니다. 이
런 변화의 시기는 많은 사람에게 혼란과 불안의 시기이기도 하지
요. 청소년만 질풍노도의 시기를 보내고 있는 것이 아닙니다. 청
소년이 나는 누구인가에 대해 고뇌한다면, 어른 역시 어떻게 살
아야 할 것인가에 대해 고뇌합니다.
　십대 시절을 떠올려 보면 꿈이 있었기에 그 시기를 잘 견뎌온
것 같습니다. 혼란의 원인이 무엇이든 자기에게 진정으로 중요한
것 하나만을 붙잡고 간다면 견딜 수 있지 않을까요? 그것이 개인
의 소소한 문제이든 전 세계적인 큰 문제이든 상관없이 말입니다.
그런데 우린 앞의 이야기에 나온 사업가처럼 바로 눈앞에 소중한
것을 두고도 보지도 못하고 잡지도 못하고 있는 건 아닌지요.

전 누구나 언젠가는 중요한 것이 무엇인지 깨닫게 되는 순간이 온다고 믿고 있습니다. 다만 너무 늦지 않았으면, 너무 돌고 돌아서 오느라 소중한 날들을 허비하지 않았으면 좋겠습니다.

2017년 가을
전성희

통일한국 제1고등학교

© 전성희, 2017

초판　1쇄 발행일 | 2017년 9월 15일
초판 11쇄 발행일 | 2024년 7월 1일

지은이 | 전성희
펴낸이 | 정은영

펴낸곳 | (주)자음과모음
출판등록 | 2001년 11월 28일 제2001-000259호
주　소 | 10881 경기도 파주시 회동길 325-20
전　화 | 편집부 (02)324-2347, 경영지원부 (02)325-6047
팩　스 | 편집부 (02)324-2348, 경영지원부 (02)2648-1311
E-mail | jamoteen@jamobook.com

ISBN　978-89-544-3804-9 (43810)